わたしリセット

田嶋陽子

文春新書

1460

はじめに

最近、街なかで若い人から声をかけられます。数年前になりますが、銀座の有名なレストランに入ってひとりでカレーを食べていたら、男の人がずっとこっちを見ていました。会計を終えて外に出ると、その彼が待っていて「田嶋先生、僕は先生のファンです。子どものころ、親と一緒にテレビで観てました」と言われました。

子どもを抱いた男の人が、「先生のおかげで助かっています」と声をかけてくることもあります。昔は、男の人が子どもを抱いたり、ベビーカーに乗せて外出することなんて考えられませんでしたが、今は男の人も子育てに悩むようになってきました。ようやく男の人も普通に家事や子育てをするようになって、世の中も少しはいい方向に進んでいますね。

若い人の意識が、ずいぶん変わってきたのかもしれません。声をかけてくれる三十代や四十代の人の話を聞くと、子どものころに私がテレビで女性差別について怒っている姿をさんざん見てきたそうです。きっと今になって、あのとき怒っていたセンセイの言うことが正しかったのかも、と思ってくれているのでしょう。私がテレビに出ているときは誰も味方してくれなかったのですが、そうやって種を蒔くことはできたのかなと思います。

新聞や雑誌の取材を受けたり、原稿を依頼されたりすることも増えました。きっかけは、二〇一九年、松尾亜紀子さんが創刊したフェミマガジン『エトセトラ』(エトセトラブックス刊)で「We♡Love 田嶋陽子!」という特集が組まれ、作家の山内マリコさんと柚木麻子さんが責任編集を務めてくれたことにあります。雑誌の反響は大きかったようで、それ以来、「田嶋陽子ブーム」や「田嶋陽子の再評価」といった言葉を耳にするようになりました。といっても、それだけ女性を取り巻く状況が昔と変わっていないということですから、再評価と言われても複雑な思いがします。

三十年前に書いた自伝的エッセイ『愛という名の支配』も、山内さんがSNSですすめてくれたおかげで、若い人たちが手に取ってくれるようになり、新潮文庫で復刊されました(二〇二二年に韓国版刊行、二〇二四年に中国版刊行)。

この自伝的エッセイ、『愛という名の支配』は私の魂の記録です。私の女性学的研究のすべてはここが原点です。私は子どものころから母との関係に葛藤を抱え、「女らしくしろ」という抑圧に苦しみ、ずっと生きづらさを感じてきました。自分が何者か分からなくて、暗く長いトンネルのなかを歩いているような状態でした。その苦しみと向き合って客観的に分析しているうちに、私はこの苦しみが自分だけの問題ではなく、世界中の女性を苦しめている問題でもあることを確信しました。同時に、自分の進むべき道が見えてきました。すでに『愛という名の支配』を書く十年ほど前から、私は「『父の娘』と『母の娘』と」、「カルメンはなぜ殺されたか」など、女性学に関する論文を専門誌や論文集に発表していました（『もう、「女」はやってられない』に収録）。書くたびに新しい発見があり、私は自分を少しずつ解放していったのです。書く行為がいわば「自己セラピー」になっていました。

『愛という名の支配』は、そうした私の魂の軌跡を綴った集大成です。世間が評価しようがしまいが、自分にとってとても大切な一冊です。だから、それを読んで勇気づけられる人がいるのなら、最高にうれしい。

女性を苦しめてきた差別に少しずつ変化の芽が出始めつつある今、本書『わたしリセット』を出版することになりました。

この本では母との葛藤についてだけでなく、四十六歳で自己が解放されたあと、「わたし」を「リセット」して、どう生きてきたかも記しました。四十代までは法政大学の教養学部で教えていましたが、四十九歳のときに初めてテレビのバラエティ番組に出演し、六十歳のときに国会議員になり、六十五歳からシャンソンや書アートの活動もしています。こうして新しいことに次々と挑戦できているのも、自分を取り戻すことができたからです。四十六歳からの再出発ですから、ずいぶんと時間がかかりましたが、そのぶん、今は自分をめいっぱい出せています。

もし今、壁にぶつかっている若い世代がいれば、その苦しみときちんと向き合い、乗り越えることができればいいなと思う。もしくは、六十歳を過ぎてもまだ自分を失っているのなら、あきらめずに自分を解放してほしいと思う。みんな、自分をどんどんリセットしてほしいです。

女だろうが男だろうが、人間として生まれたかぎりは、誰もが自立して生きたいと思っているもの。フェミニズムはそのことに気づくための考え方のひとつです。女性や男性の区別なく、フェミニズムの精神は、みんなが持っているものなのです。

本書は今の私をありのままに書きましたので、みなさんが自分を生きるきっかけになることを願っています。自分の人生は自分だけのものです。誰もがどんな人生でも選ぶことができる。私たちには自ら未来をつくる権利と自由があるのですから、自分を解放して、人生をもっともっと楽しんでほしいです。

わたしリセット　◎目次

第二章　四十六歳での解放——母との葛藤と和解　57

第五章　「自分」を生きるためのフェミニズム　177

第一章　テレビは戦場だった

初めて『笑っていいとも!』に出た日

私は初めてテレビのバラエティ番組に出たときから、ずっと女性差別の問題を訴えてきました。たくさんケンカして、批判もされましたが、私の信念はいっさい揺らいでいません。私がテレビに出るのが早すぎたと言う人もいますが、誰かがちゃんと伝えなきゃいけなかったと思います。

私が『笑っていいとも!』に出演したのは一九九〇年です。そのころ、一般男性を対象にした「花婿学校」(運営・板本洋子さん)が日本青年館で開かれ、マスコミで話題になっていました。校長は女性学が専門の樋口恵子さん、副校長がジャーナリストの斎藤茂男さん。なぜ男が結婚できないのか、なぜ結婚しない女が増えているのか、いろいろな講師が多様な角度から講義する新しい試みで、私も講師に呼ばれて「これから結婚したければ、男たちが考え方を変えなきゃいけない」という話をしていました。その時の私の講義が『東京新聞』で五回にわたって連載されました。それに目をつけた『笑っていいとも!』のスタッフが斎藤さんのところに話をもっていって、私に声がかかったのだそうです。

その年、私はちょうどサバティカルという長期休暇を大学からもらって、軽井沢の家で本を書いていました。二〇二三年に復刊された『フィルムの中の女――ヒロインはなぜ殺されるのか』という本で、映画のなかで自立したヒロインはなぜみんな死んでしまうのかをフェミニズムの視点から論じたものです。そしたら、七月の半ばに突然、フジテレビから電話がかかってきました。

私はＮＨＫ教育テレビで『英語会話Ⅱ』の講師をしたことはあるものの、普段はテレビをほとんど見ていませんでした。だから、タモリさんがどんな人かも、『笑っていいとも！』がどんな番組かも知らなかった。そこで、知り合いの家でテレビを見せてもらったら、ちょうど「テレフォンショッキング」のコーナーに年配の政治家が出演していたので、私もあそこで「花婿学校」のことを話すのかなと思い、ごく軽い気持ちで引き受けたのです。

ところが、新宿アルタに行ってみたら、黒板に大きな字で「タモリの花婿アカデミー」と書かれています。その日の出演者はタモリさんのほかに、笑福亭鶴瓶さん、ウッチャンナンチャン。私が真面目に話しているのに、みんなで茶化して邪魔をしてくるのです。私も彼らのことをよく知らなかったので、「つるべいさん」とか「ウンチャンナンチャン」と名前を間違うと、そのたびに笑われる。私はなぜ笑われているのか分からないから、しょっちゅう絶句する。その繰り返しでコーナーが長々と続き、後に予定されていた三つのコーナーを全部飛ばしてしまいました。私は途中で頭にきて、目の前にあった水差しの水をかけてやろうと構えたところで、番組が終わりました。

私をもっとも挑発してきたのはウッチャンナンチャンでしたが、今になって思えば、あの人たちの挑発の仕方はそんなに悪意がなくて、常識の範囲内でしたね。みんなの吹っかけ方が見事だったから、コーナーもたっぷりもったのでしょう。私はちゃんと話をしようと、それこそ真面目にやっていたんですけどね。最後に、鶴瓶さんが「新しいスターが誕生しました」と言ったのですが、そのときも何を言われているのか意味が分かりませんでした。

生放送が終わって、スタッフからは嬉しそうに「番組が盛り上がりました」とお礼を言われましたが、私は言いたいことが言えなくて悔しかったのです。落ち込みながらスタジオを出て新宿駅に向かったら、エスカレーターの上の方から「ワーッ！」という声がして、女の人たちがこちらに向かって手を振っています。誰かいるのかなと思って後ろを振り返っても誰もいません。そしたら「田嶋先生！」という声が聞こえました。アルタに来ていた女の人たちが私を見つけて、手を振ってくれたのです。『笑っていいとも！』の影響は予想以上に大きかった。その日の夜にも、友人と一緒に中華料理店に行こうとしたら、暗がりからいきなり「キャーッ」って声がして、見たら中学生の女の子。その子たちが「先生、今度は何言うの？　面白かったぁー」と言ってくれました。

女の子たちだけではありません。自宅がある軽井沢へ帰る電車に乗ったとき、夏休み中の男の子たちがズラーッと足を広げて座っていました。そしたら、ひとりが私の顔を見て、とっさに「おい、足閉じろよ」って仲間をこづいています。みんな一斉にこっちを見て、コソコソ足を閉じていました。私が番組で「男はなんで足をかっぴらいて座ってんのよ」と言ったのを見ていたのですね。その子たちが私の言葉にどのくらい共感したのかは分かりませんが、少なくとも反応はしてくれた。

世間の反応とは反対に、私の周囲からは非難ごうごう。母に電話したら、何も言ってくれなくて黙り込んでいました。友達のフェミニストに「あれでよかったのかなあ？」と電話で相談したら、「しょうがないよね。誰にでも間違いってものがあるんだから」と言われて、「エーッ！」となりました。

すごく悩んだのは、私の津田塾大学時代の指導教官で、一番尊敬している先生から絶縁されたことです。番組に出て一週間くらいしてから、「大学教授があんな番組に出て笑いものになってどうするんだ。俺は恥ずかしい」と言われて、破門されました。のちに「あなたがテレビに出演する意図が分かったから、破門をとく」と言われて、一緒にまたお酒を飲めるようになりましたが、そのときはとてもショックでした。

異なる二つの反応があったことで、私は苦しむことになりました。「がんばって」「面白かったよ」と応援してくれる人たちがいる。電車のなかで、子どもを連れたお母さんが私のところに来て、「先生、私が言えなかったことをよく言ってくれました」と涙を流しながら言われて、びっくりしたこともありました。その一方で、身近な人たちから悪口を言われたり、批判されたりするわけです。私は誰の言葉に耳を傾ければいいのか分からず、混乱していました。

結局、『笑っていいとも！』には全部で十回は出演しています。最後の出演日には、私が美空ひばりさんの歌を歌って、後ろでタモリさんと鶴瓶さんがひっくりかえるなんて楽しい場面もありましたが、裏ではずっと悩んでいました。その間は胃を痛めて、生放送が終わると軽井沢に引きこもって、おかゆを食べていたのです。

『ビートたけしのＴＶタックル』での戦い

一九九〇年代のテレビには、女の側から本音を言える番組が全くありませんでした。だから、もし今後も出るようなことがあるなら、必ず女の話をしようと決めていました。

そしたら、今度は『ビートたけしのＴＶタックル』に呼ばれました。私はまたしても番組を見たこともなければ、たけしさんのことも知らなかった。たまたま、たけしさんが雑誌に書いた記事を見つけて読んでみたら、「男女平等なんていってるけど、女なんて一発やればこっちのもんだ」なんて書いてある。だから、それをコピーしてスタジオに持っていって、「これはおかしいよ」ってガンガン言ってやりました。

そのときは対等に議論できたつもりでしたが、二時間半の収録が四十五分に編集されると、私の反論がカットされていました。しかも、どのコーナーもたけしさんの言葉で終わっていますから、見てる人はたけしさんが正しいと思うでしょう。私が「でもね」と反論したところから全部なくなっていて、私が言い負かされているように見えるわけです。そうか、これが編集というものかと思いましたね。あとで、ディレクターのひとりが「あいつは誰のテレビに出てると思ってるんだ」と言っていたと聞いて、よく分かりました。番組には主人がいて、私はその主人をよりよく見せるための素材でしかなかった。結局は、たけしさんという主人を立てるために編集があるのです。

番組が放送されたら案の定、フェミニストの人たちから批判されました。私のところへわざわざファックスを送ってくる人もいて、「なんでもっとはっきり反論しないの」と書いてあった。でも、現場ではちゃんと言い返しているのです。悔しいからテレビ局に証拠として生のテープをもらいに行ったら、せっかくだから出てくださいと言われて、そんなこんなで何度か出ているうちにレギュラーになりました。

私のテレビ出演は、編集との戦いでもありました。制作側にしつこく文句を言い続けたら、編集で私の発言をスパッと切ったり、たけしさんに遠慮して何かしたりすることはだんだん少なくなりました。比較的、ものが言いやすい環境になった。それでも、共演者の暴言があまりにもヒドくて頭にきたときは、収録の途中で席を立って帰ったこともありました。

民放のテレビは視聴率がすべてです。女のことを取り上げてくれたとはいえ、議論の相手にゴリゴリの保守派のオジサンばかり連れてきて、私と対決させようとする。つまりは、番組を盛り上げて視聴率を取るために、私を怒らせたかったのでしょう。そのころは女の人が人前で怒るのは「女らしくない」ということで御法度で物珍しかったのです。だから、私が怒ったり、きつくなったりしていると、そのぶん女の人の評判が下がるわけです。誰も私のことを女と思ってなかったかもしれないけど、女の人たちがイヤがりましたね。

その一方で、男の人は私を攻撃した方が自分のファンが増えると思っていますから、やっつけようと必死でした。議論の風向きが悪くなると、私が独身だということに目をつけて、「半端者」呼ばわりしてきました。結婚や出産を経験していない女は、半人前だから対等にものを言う資格がないと言いたいわけです。ある音楽家なんてよっぽど悔しかったのか、突然、「あんたと寝たいとは思わない」と言い出しましたからね。むしろこっちが心配になったほどです。やれ文化人だ、やれ評論家だといっても、女と男の問題になるとすぐに男は馬脚をあらわします。

当時、舛添要一さんも議論に負けそうになると、私のことを「ブス」と言いましたよ。だから、私はお返しに「ハゲ」と言ってやりました。最近も番組でときどき会いますが、「お久しぶりです。ますますお変わりなく」なんて、なんだか豹変しちゃってますけど。

石原慎太郎さんは、収録が終わってから陰で謝ろうとしてくるんだけど、自分では絶対に直接言わない。阿川佐和子さんを通じて「田嶋さんに謝っといてくれ」って。

謝るのならその場で謝ってほしかったですよ。

他にも、ずるい男は議論で負けそうになると「田嶋さんは最近、キレイになったね」などと言ってきました。容姿を褒めれば、相手が一瞬、ものを言えなくなると知っているからです。口封じのための褒め言葉ですよ。相手が男だったらそんなこと言いませんから、それもやはり女を議論の相手として対等に見ていないということです。

『ビートたけしのTVタックル』出演時

最初のころは、たけしさんも「差別差別と言ってないで、男は勝ち取ってきたんだから、女も自分たちで勝ち取らなくちゃ」と言うから、私は「じゃあ、その足どけてよ」って言い返していました。男が女の足を踏んづけている限り、女は能力があってもそれを発揮するのに倍の力がいるわけですから。

でも、何年か経って、たけしさんがアフリカから来たタレントのゾマホンさんと仲良くするようになってから変わりましたね。あるとき、たけしさんが「先生が女に下駄をはかせなきゃいけないと言ってたのが、よく分かったよ。アフリカ見てると、抜け出そうと思っても抜け出せないもんな。ある程度、下駄をはかせないとダメだよ」と言ってくれました。それはすごくうれしかった。たけしさんは実は感性の鋭い人。私の言うことを一番わかってくれていたと思います。

私は『タックル』に出ているときは、なるべく他の番組には出ないようにしていました。スタッフにも出ないでほしいと言われていましたから。私がいろいろな番組に出ると、視聴率が上がらなくなるからでしょう。そもそも、私は『タックル』だけで精一杯で、他の番組には出る気もありませんでした。

私が『TVタックル』にレギュラー出演するようになったのは一九九一年、ちょうど五十歳のときでした。九〇年代は『TVタックル』にはじまり、『TVタックル』に終わった感じがします。

フェミニストからも嫌われた

冒頭で少し触れたように、私がはじめてテレビに出たのは、NHK教育テレビの『英語会話II』です。イギリス留学から戻ってきたときに紹介され、一九八五年から三年間、講師を務めました。

衣装は自分で全部用意していましたが、三年もやっていると着るものがなくなります。だから、昔まだ「女らしくしなきゃ」と頑張っていたときにはいていたスカートを引っ張りだしてきた。そしたら、視聴者からものすごく達筆の手紙が届きました。そこには「女性なんだから、ひざ頭をキチンとつけなさい。足を開いているのを見ると、同じ女性として恥ずかしい」と書かれていました。やむなく、スカートをはいて出演するときは、スカートのなかで太ももを革のベルトで縛りつけるようになりました。

でも、トーク番組や討論番組では、精神が集中できないのが嫌なので、スカートをはきませんでした。人間はここ一番と踏ん張ると、男であろうと女であろうと、ひざ頭は開いてしまうからです。「女らしさ」の強制は、健康で自然な状態を抑圧する。だから、女は精神的にも肉体的にも二重に不利になるのです。

『英語会話Ⅱ』で私のファンになってくれた人もいましたが、私がバラエティ番組に出はじめると、その人たちも離れていきました。そのころは、男の人はほとんど全員が私のことが大嫌いでしたけど、女の人も半分くらいは私を嫌いだったと思います。当時は、ほとんどの女の人がフェミニストになりたくなかった。男社会に嫌われたら、女の人は生きていけないから。心のなかに不満を抱えていても、構造としての女性差別があるなんて思えないし、思いたくもない。だから、私が言いたい放題言うと、不安になったのでしょう。

男たちはそこに目をつけて、女同士を戦わせようとしてきました。『TVタックル』でも「女の敵は女」という企画で、男たちが見ている前で女たちを討論させようとしたことがあります。でも、私はそれに乗りませんでした。あれでは闘犬と同じですから、すごく卑怯だと思います。

私がバカにされたり笑われたりしたのは、一つには「権利を主張する女なんて、ブスで結婚もできない女」という世間のイメージにぴったりだったからかもしれません。でも、私はそんなことではビクともしません。「そのうち、あんたたちが泣きべそかくよ」と思っていました。今まさにそうなっているでしょう。

テレビでバカにされながらも頑張れたのは、私が大学教授という立場だったからです。社会的にいえば、下手な男より地位が上だと思われていたから、少しは耳を傾けてもらえることもあった。みんなは大学教授の女をいじめるのが、うれしくてしょうがなかったでしょうが。もし、私に肩書きがなく、普通のサラリーウーマンだったら、すぐにつぶされていたと思います。少なくともこんなに長く続いていません。

私に捨てるものが何もなかったことも大きかったですね。テレビに出たときはもう五十歳を目の前にして、カメの甲羅みたいなものが身についていましたから、叩かれても叩かれても大丈夫でした。もしあれが三十代だったら、耐えられなかったと思います。

でも、残念だったのは、仲間であるはずの女性たちからサポートしてもらえなかったことです。とくにフェミニストたちは、本当に私のことを嫌いましたね。あのころのフェミニストは左翼系の人が多くて、反近代主義が盛んでしたから、テレビを超軽蔑していました。私がテレビに出るようになると、「フェミニズムを笑いものにした」とか「フェミニズムが誤解される」といった批判が聞こえてきました。私がお笑い番組に出てバカにされる姿は、見ていて耐えられなかったみたいです。

面と向かって「フェミニズムのことをもっとちゃんと言わなきゃダメじゃない」と言われたこともあります。でも、「あなたを紹介するから、代わりに出てよ」と言ったら、「私はダメよ」だって。その後、実際にテレビに出たフェミニストもいましたが、周りの出演者からワッと言われると何も反論できませんでした。NHKならいいけど、お笑い番組に対応できる人はいなかったですよ。

私は自分が正しいと信じていましたし、批判してくるフェミニストたちには「じゃあ、あんたたち、私のように体を張ってみなさいよ」と思っていました。今から考えれば、たったひとりのフェミニズム運動だったと思います。私はみんなで集まって旗をもってやるような運動はペースが合わなかったから、私がひとりでできるフェミニズムの運動はこんなところかなとも思いました。テレビに出ることが、私にとってのたったひとりのデモ活動だったんですよ。結果的に、私の周囲からはフェミニストがいなくなりましたが、その代わり、街なかや手紙で一般の女の人たちが励ましてくれるようになりました。

それでも、もうテレビに出たくないと思ったことは何度もあります。そんなときに私の背中を押してくれたのが、法政大学の同僚で、ライフアーティストを名乗るフェミニストの駒尺喜美《こましやくきみ》さんです。駒尺さんは愚痴る私に「テレビは拡声器だよ」と言ってくれました。「せっかくのチャンスだからやめちゃいけない。学者が本を書いて出版しても千部二千部しか売れないけど、テレビはもっとたくさんの人に届くよ」って。『TVタックル』は視聴率が二〇%を超えたこともあります。視聴率一%で百万人が見ていると言われていますから、単純計算で二千万人が見ていたことになる。

一方で、『タックル』の前に出ていたNHK教育テレビの『英語会話II』の場合は、テキストの売れ具合からみても、五万人くらいしか見ていません。視聴者の数がぜんぜんちがいます。NHK教育テレビで女性の問題を扱ったこともありますが、NHKで真面目にフェミニズムを語っても、見る人は多くはありませんでした。昔は出演者が用意された原稿を読むだけでしたから、話している言葉も自分の言葉になっていませんでした。それでは誰だって退屈します。

こうして私は、フェミニズムの考え方は笑い飛ばしながらでもなんとか世間に伝えるしかないという結論にいたりました。何百年も続いてきた女性差別は、人々の文化や習慣や思想など、あらゆるところに霧雨のように染み込んでいます。ちょっとやそっとの理屈を並べたところで、誰も聞いてくれません。だから、たとえバカにされて笑われても、繰り返し話を聞いてもらうことが大切だと思いました。

テレビに出続けることに対する使命感みたいなものがありましたね。私は自分で育てた私なりのフェミニズムの考え方を伝えていくんだという意識が強かった。ケンカの相手はいつもおじさんでしたが、私はブラウン管の向こう側を意識していました。向こう側にいる女性たちに、もっと自由な生き方があることを伝えたかったのです。だから、おじさんたちに何を言われても怖くなかった。実際、私の話を聞いて、夫に食ってかかる女性が増えたらしく、男の人に恨まれましたね。

最初のころは、毎回あれも言おう、これも言おうと思って出るものの、共演者に邪魔されて思いどおりの発言が出来なくて悔しかった。でも、駒尺さんから「一度に全部言おうとするから辛い。大事なことを一回にひとつ。その代わり百回出たらいい」と言われました。今から考えると、テレビはオファーがなければ出られないのだから、傲慢なのかもしれません。でも、結果的には何百回も出て、自分の考えを言い続けましたね。『TVタックル』には、十二、三年出させていただいたでしょうか。

『そこまで言って委員会』での二十年

今は東京のテレビに出る機会は少なくなりましたが、大阪の読売テレビの『そこまで言って委員会NP』には月に二回出演しています。この番組は二〇〇三年に『たかじんのそこまで言って委員会』というタイトルではじまり、やしきたかじんさんが司会を務め、八名のパネリストには、もう亡くなられてしまった三宅久之さんや桂ざこばさん、勝谷誠彦さん、それから今もご活躍の橋下徹さんなどが並んでいました。初めて出演してからもう二十年が過ぎました。

二〇〇三年当時は、私が参議院議員を一年半で辞職したばかりで、世間から猛バッシングを受けていた時期です。そんな私になぜ声がかかったのか分かりませんでしたが、のちにプロデューサーに聞いたら、たかじんさんが「田嶋先生のように自分の意見をもってる人が好きなんだ」と推薦してくれたそうです。そのたかじんさんも、二〇一四年に六十四歳の若さで亡くなりました。

番組では私の主張をキチンと聞いてもらえないことが多くて、議論ではいつも七対一になり、総攻撃をくらっていました。収録中に頭にきて、途中で席を立って帰ったこともありました。それから三ヶ月間出演を拒否しましたが、たかじんさんが「俺が軽井沢まで迎えにいって、連れて帰ってくるよ」と言ってくれていたそうです。打ち上げでも「俺は田嶋先生大好き」と、私を気づかってくれました。いじめられている私を何とかやめさせまいと勇気づけてくれましたね。

たかじんさんはすごくシャイで、お酒を飲んでもなかなか打ち解けない人でした。あるとき、たかじんさんと三宅さんの三人で鼎談する仕事があり、私がシャンソンをはじめた話をしました。そしたら、たかじんさんが「俺が曲を書くよ」と言ってくれたのです。後日、たかじんさんが二十代のころに作曲した『ラスト・ショー』という歌をプレゼントしてくれました。作詞は荒木十章さんです。

そのときは新曲ではなかったことにガッカリしてしまったのですが、亡くなった後に歌詞を改めて読むと、そこにはたかじんさんの思いが詰まっているような気がしました。『ラスト・ショー』は次の歌詞からはじまります。

歌ってよ　今度は誰か
お願いよ　私の替りに
疲れたの愛の歌　歌い過ぎたから
出来るなら　冷たいピアノで
私よりも私よりも　悲しい歌を

うらぶれた女性歌手の歌で、人間の寂しさや弱さを感じさせます。読んでいるうちに、たかじんさんの姿が歌詞に重なってきました。たかじんさんは番組で強気な発言を繰り返していましたが、心根はデリケートな人で、この曲のように寂しさや弱さを抱えていました。差別にも敏感でした。たかじんさんは、私のなかにもそういう面を見つけて、だからこそこの曲を贈ってくれたのかもしれません。

アメリカのスタンダード・ナンバーに『ダニー・ボーイ』という曲があります。戦争に赴いた息子を思う母の気持ちを歌った歌です。私はこの曲が好きなのですが、たかじんさんもこの曲をきっかけにして、歌を歌うようになったと聞きました。私とたかじんさんは、根っこの部分で似たところがあったのでしょう。

『ラスト・ショー』は難しい歌で、すぐには歌えませんでした。でも、たかじんさんが亡くなってから練習を重ねて、三年間歌い続けていました。

『そこまで言って委員会』で一緒だった人も、ずいぶんと亡くなってしまいました。二〇一二年に亡くなった三宅久之さんとはよくケンカしましたね。私が頭に血がのぼって思わず「ハゲ」と言ってしまったときは、三宅さんが「僕はあなたをブスだと思っていても、ブスだと言ったことはありません！」って言い返されたこともありましたが。

でも、三宅さんはほんとにいい人でした。番組が終わって帰りの新幹線で一緒になると、「先ほどは失礼しました」とちゃんと自分から謝ってきました。だけど、それが毎回続くから、そのうち謝るのがイヤになったんでしょう。私と顔をあわさないように新幹線に乗らずに飛行機で帰るようになりました。

私がシャンソンのコンサートを開くときには、大きな花束と一緒に手紙をくださいました。あるとき、封筒に「みなさんの前でお読みください」という但し書きがありました。私もバカ正直だから事前に開けずに、何曲か歌ってから「三宅さんからお手紙をいただきました」と言って、舞台上で読み上げようとしました。するといきなり「みなさん、こんなヘタな歌をよく聴きにきてくださいました」と書かれてる。そして、「それでも頑張ってますから、どうぞ応援よろしくお願いします」って。会場が沸きました。

亡くなる一年前にもらった手紙の最後は、次の一節で締められていました。

「小生は今年いっぱいで一切の評論活動から身を引くことを決めましたが、ただ一つ、心残りは、田嶋さんの精神を鍛え直すことができなかったことでございます」

三宅さんは亡くなる直前まで『そこまで言って委員会』に出演していました。最後のころは車椅子で来てましたね。三宅さんとはいつも意見が両極端に分かれていましたが、とても面白くて、優しい方でした。

私はテレビに出るにあたって、ひとつだけ決まり事をつくっています。それは、共演者の方々と一定の距離を保つことです。『TVタックル』に初めて出たころ、出演者のみんなと一緒にお酒を飲んだことがありました。でも、お酒を酌み交わして互いに気持ちが通じてしまうと、いざ番組で立ち向かえなくなるのです。どうでもいいことは批判できても、根本の考え方を批判できなくなる。それでは、私が何のためにテレビに出ているのか分からなくなります。それ以来、番組の出演者とは一緒に飲みに行かないと決めました。『そこまで言って委員会』のメンバーとも個人的には飲んでいません。自分で気が弱いことを自覚していますから、それだけは守っています。

『そこまで言って委員会』にレギュラーで出続けているのも、毎回ひとつでも自分の意見をテレビの向こう側に伝えたいと思うからです。『TVタックル』のころのファンの方々は番組で私がいくら批判されても、見続けてくれています。そのファンのためにも発信を続けていきたい。

　また、別に番組のことを考えているわけではありませんが、私が出なくなったら、出演者に偏りが生じてしまいます。世の中は、違う意見の人同士が一緒に暮らしているわけですから、番組を保守や右翼の人たちだけで固めるのも不自然でしょう。私はケンカしようがしまいが、番組を自分の意見表明の場だと思っています。一度、自分が相手の反論に力負けして十分に言い返せなかったとき、スタッフに私と同じ意見の人をもうひとり増やしてくださいとお願いしましたが、「センセイひとりで十分ですよ」って、聞いてもらえませんでした。

『そこまで言って委員会』の出演者のなかでは、いつの間にか私が一番古くなりました。スタッフとは長いつきあいですから、気心は知れていますね。あまりに長く出続けるから、制作側は私が死ぬのを待っているのかもしれないけど。

映画をつくることが夢だった

若いころの私は、将来、女性学をやるなんて想像もしていませんでした。私にはなりたいものがたくさんありました。小学生の頃は外科医や総理大臣、中学生になると画家や小説家、書道家、高校生になるとオペラ歌手など、何かを表現したいという欲求が強かった。自分のなかにいろいろな可能性を感じていたのですね。実は一度、俳優を目指したこともあります。

私は大学院の修士課程に進んだころ、自分は学者に向いているのだろうかと悩んでいました。そのときに、「青い実の会」という小さな劇団に入って、一年間ほど役者修業に励みました。卒業公演は『そら豆の煮えるまで』というお芝居。私は意地悪な女王様の役を演じましたが、自分には役者の才能がないと絶望してあきらめました。今となっては思い出すのも恥ずかしい、つらい青春の一頁です。もう戻りたくはないですね。

そんな私が、ひょんなことから、バラエティだけでなくテレビドラマや映画にも出演することになりました。初めて出たのは、一九九五年に放送されたNHKのドラマ『魚河岸のプリンセス』です。涼風真世さんが演じる主人公のテレビレポーターが、松村雄基さん演じる魚河岸の仲買商の三代目とお見合いし、結婚するまでの物語です。私は涼風真世さんの叔母で、女性学を教える大学教授の役でした。

その叔母は姪の良き相談相手で、女性学の立場から結婚制度について忠告します。NHKからは私の主張を通していいと言われていたので、納得のいかないセリフは変えてもらい、女を家に縛りつける結婚は女性差別の制度化だと役のなかで言わせてもらいました。挙式をひかえて両家が顔をあわせるシーンでも、私は持論を語り、加賀まりこさん演じる魚河岸のおかみさんとケンカします。その後、とりあえず一緒に乾杯するのですが、アドリブで「私は結婚おめでとうとは言わないよ」と言いました。最後は二人の結婚式に出席せず、男と一緒にアメリカの大学に客員教授として旅立って行きます。

現実の自分に近い役でしたが、本番は緊張してガチガチでした。演技もへちまもない。今から見返す勇気はありません。

一九九六年には、伊丹十三監督の映画『スーパーの女』に出演しました。宮本信子さん演じる主婦が、売れないスーパーを立て直すストーリーです。私は客のひとりで、柴田理恵さんや阿知波悟美さんと一緒になってスーパーに意見する役でした。初対面の伊丹さんは、首から真っ赤な長いストールを巻いた格好で、にこやかに優しく出迎えてくれました。そのときの姿が強く印象に残っています。苦虫を噛みつぶしたような、しかつめらしい顔が男らしいと思われていた時代でしたから、伊丹さんのやわらかな男前の表情はすごく新鮮でした。映画の撮影現場はもちろん初めてでしたが、演技指導も紳士的で、優しかったですね。

その後も、二〇〇〇年に川島なお美さん主演の映画『メトレス』で大学の学長役、二〇一一年に林真理子さん原作のテレビドラマ『下流の宴』にワイドショーのコメンテーター役で出演しました。ほかにもいくつか出ましたけど、演技には全然自信ないですから、恥ずかしかったですね。

俳優は早々にあきらめましたが、小さいころから抱いていた映画製作の夢はずっと持ち続けました。昔は女が中心の映画なんてなかったでしょう。どれも男の子の成長を描いた物語ばかりで、女の子の成長物語はあまり見た記憶がありません。だから、そういう映画ができればいいなという思いをもっていました。自分が受けたような抑圧や差別、そういうものをしっかり描いた映画がもっと生まれてほしい。それこそ、私が書いた自伝的エッセイ『愛という名の支配』をもとにしてもらってもいい。

でも、自分が映画監督になる自信はありません。現場を経験したこともないし、映画づくりの教育も受けていませんから。だから、女性が主人公の映画をつくる人がいたら応援したい。最近はフェミニズムに関する映画も全体的にレベルアップしてきましたね。かつて映画監督は男ばかりでしたが、女性の優秀な監督が増えて、女性蔑視の映画も少なくなりました。今後は、もっともっと女の人を励ますような映画をつくってほしいと思います。

数が質を変える

私の人生は振り返ってみると、だいたい十年おきに転機がやってきました。私は不器用ですから、何事も全身全霊で取り組み、あるとき木の実が熟して落ちるような感じで、ポンと次に進みます。五十歳を前にしてテレビに出るようになり、六十歳になった二〇〇一年に法政大学を辞職し、参議院議員選挙に比例区から立候補しました。参議院議員として質疑から法案作成まで精一杯やりましたが、国政でやれることに限界も感じて、二〇〇三年におこなわれた神奈川県知事選挙への立候補に伴い、自動失職しました。参議院議員としては約一年半活動したことになります。

いざ政界に入ってみると、国会は旧態依然としていて、まるで明治時代の家長中心の世界。大変なところに来たなと思いましたね。『TVタックル』で会ったことのある国会議員が、私が議員になった途端、バーンと態度を変えましたから。『TVタックル』のときは、男の政治家だろうが女の政治家だろうが、私にも挨拶して「よろしくお願いします」と言っていましたが、国会で会うとこちらが挨拶しても、「何しにきたんだよ」みたいな感じで目もあわさない。日本の国会議員はこのレベルなのかと愕然としましたよ。

対等に接してくれたのは当時総理大臣だった小泉純一郎さんくらい。総理となれば

60歳、参議院議員選挙に立候補

普段からお付きの人を大勢引き連れて行動するでしょう。でも、小泉さんはお付きの人をはずして、エレベーターに私と二人だけで乗り込んで、話しかけてくれました。政策の中身については批判する部分が多かったけど、小泉さんのそういうところは尊敬していましたね。

当時、私は女性のための法案をつくろうとしましたが、誰も相手にしてくれませんでした。日本は女性の国会議員が少なすぎます。女性の国会議員の割合は世界の平均が約二三%なのに対して、日本の衆議院議員は当時一〇%以下。これでも昔と比べると数は増えてきましたが、「看板」としての女がいるだけです。人数が少ないと女は生き残らなければならないから、多数派である男社会の価値観を内面化して、過剰適応してしまいます。実際、自民党の女性議員は率先して夫婦別姓やLGBT法案のために動こうとはしません。女の人たちは自分の意見を言おうとしても、数少ないと叩かれてしまうから、結局は迎合するしかないわけです。

でも、少なくとも国会議員の三〇%が女性になれば、世の中がビックリするくらい変わると思います。他の国を見ても明らかです。女性議員の数が増えれば彼女たちも本音を言えるようになりますから、女性のための政策が実現できるし、弱者にも目が届くようになる。数が質を変えるから、心配しなくていい。自信をもって数を増やせばいいのです。

今は選挙になっても女性の立候補者がまだまだ足りません。まずは立候補者の数をそろえて、全員を当選させるくらいがんばらないと。そういうとすぐに「能力のない女性が当選してもいいのか」と反論されますが、まだ議員になってもいない段階で能力がないとなぜ言えるのですか。だいたい、能力のない男たちがいままで政治を牛耳ってきたから、日本が行き詰っているのでしょう。嫌でもいいから女を入れて、それでダメならまた文句を言えばいい。

本来なら日本もクォータ制を導入すべきですよ。クォータ制は、格差是正のために一定の枠の議席を女性に割り当てる制度です。世界一九六の国と地域で、一一八ヶ国が採用していて（二〇二〇年、内閣府男女共同参画局）、どこも女性議員の割合が三〇%を超えています。スウェーデンも昔は女性議員の割合が一四%でしたが、一九七〇年代から各政党がクォータ制を導入し、今や大臣の半分が女性になりました。とくに日本のように根強い差別があるところでは、クォータ制を取り入れなければ前に進んでいきません。

飛行機にたとえるなら、今の日本は男だけで飛んでる片翼飛行。国民の半分である女性の能力を十分に生かしてない。OECD（経済協力開発機構）が以前から「日本は女性という資源を無駄にしている」と指摘しているのに、日本の政治はこの問題をずっと放置してきました。ここ三十年の間に日本の国力がどれだけ落ちたことか。このまま片翼の飛行を続ければクルクル回りはじめて、そのうち墜落してしまいます。没落した半導体産業が顕著な例ですが、男社会で回している旧態依然とした産業は次々と限界がきている。反対に、一定数の女性を入れた企業は利益をあげて成長しています。最近、経団連から選択的夫婦別姓を早く取り入れてほしい、ビジネスに差しつかえているから、と、政府に要望が出されました。これからの企業には、女の人の豊かな発想と行動力が必要なんですよ。

一九八〇年と今を比べると、専業主婦世帯が半分以下に減って、共働き世帯が二倍になっています。それだけ女の人が社会進出していることは素晴らしい。でも、家事・育児は女の仕事という性別役割分業のままで女の人がフルタイムで働こうとすると、子どもを産んで育てる負担がものすごく大きい。変わってきているとはいうものの、まだ女の人だけが無理して、仕事と家事・育児の両方をやってるような状態です。

これからは女の人の給料を男の人と同じにして、女の人たちにもキチンと税金を納めてもらい、一方、出産と子育てに対して国と地方自治体がきちんとケアすることで、女の人は男の人と同じように働けるようになるのです。待機児童問題ひとつとっても、行政のやり方は中途半端。政府は早く対応して、女の人の能力をきちんと使えるようにしなければ、日本の経済がダメになってしまいます。

女の人が男の人と同じように力を発揮できたら、日本はやっと両翼飛行になります。両翼で飛ぶようになれば、日本はまた活性化して変わりますよ。未来に希望があるとしたら、国民の半分である女性の力を活かすしかないと思います。

「時代だから」でもいい、変わればいい

差別がなくならないのは、男はどうあらねばならないか、という社会規範、すなわち男の美意識が古いままだからです。美意識は生まれ育った文化のなかで無意識のうちに植えつけられていきますが、私はこの古い美意識を「尾てい骨」と呼んでいます。自分では見ることができないから気づきにくいし、捨てることが難しい。新しい考え方を学んだとき、頭で理解しても、心がついていかないのはそのせいです。この古い美意識を野放しにしているかぎり、女性差別にしても民族差別にしてもなかなかなくなりません。

重要なことは、自分に「男らしさ」という古い美意識があって、それが女性を差別

する原点になっていると自覚することです。そうやって意識するだけで、変わっていく糸口にたどりつけます。美意識は生まれつきだから変えられないと思いがちですが、その気になれば変わりますよ。昔は「男子厨房に入らず」と言われていましたが、今では「イクメン」の方が喜ばれるでしょう。誰もが時代に合わせて変わることのできる柔軟性をもちあわせているものです。

人々の意識を変えるためには、法律を変えることも役立ちます。会社の上層部の考え方を変えようとしても、おじさんたちと若い人ではものの見方が違うので難しい。会社が変わらないのなら、政府が無理に変えさせるしかない。会社は国を恐れていますから、法律が変わればすぐ変わります。

LGBTのことも同じです。政府の人間ですら「気持ち悪い」などと差別していますが、それは古い認識にとらわれているからです。その認識を変えさせるにはものすごい力が必要ですから、もう法律をつくるしかない。法律ができて差別を禁止すれば、時間が経つうちにその人たちも柔軟性を発揮して変わっていくと思う。それこそが法律を変えることの意味でしょう。

歴史を振り返ってみると、日本人はけっこう変わってきました。一番のいい例が、日本が戦争に負けてGHQによる占領が始まったときです。戦前は男女差別という言葉すらなかったけど、戦争が終わったら、みんな急に男女差別を言い出した。戦後はじめての衆議院議員選挙では三十九人の女性議員が誕生しました。そういう変化がいきなり起きるわけです。日本も必死で変わらなきゃいけないと思えば、クルッと変われますよ。

今は男性たちが変わろうとするとき、「時代だから」という言葉を使うそうです。上司がセクハラをやめるのも、会社が育休を取り入れるのも「今はそういう時代だから」。男性たちにとって、すごく便利な言葉ですよ。それまで女性を差別していたのも「時代だったから」ということになる。自分たちが間違っていたと認めたくないから、時代に責任を転嫁しているわけでしょう。

ある意味すごく無責任な言葉だし、心のなかでは「昨日まで何してたんだよ」と思いますが、きっかけや理由がどうであれ、本当に変わってくれるなら、みんな助かります。

男が「時代が変わったから、俺も差別やめるよ」と言って本当に変わったなら、茶化さないで「よく変わりましたね」と褒めてあげればいい。行政にしても会社にしても「時代だから」でガラッと変わってくれるなら、それでいい。ガラッと変わるといっても、他の国に比べれば普通になるだけかもしれないけど。それでも「頑張ったね」と拍手して、喜んであげる。やっぱり早く変わってほしいですから。

そのためにも私たちが選挙で意思表示をして、法律を変えさせることが大事です。そうして男たちが「時代だから」と言えるようにすればいいのです。

蒔いた種が芽吹いてきて

変化の芽は徐々に出てきています。二〇二〇年の『NHK紅白歌合戦』で、司会の二階堂ふみさんがパンツスタイルだったのを見て、時代が変わったなと思いました。二階堂さんとは二〇二二年に雑誌で対談したこともありますが、彼女は肝が据わっていると感じました。

私が三十歳でイギリスから帰国して法政大学に勤めはじめたとき、そのころ流行していたパンタロンをはいていていました。そしたら男性の同僚の教授に「女なんだから、スカートをはきなさい」と言われました。イギリスから意気揚々と帰ってきたら、いきなりそんな目にあったのです。私は教授の言うことを無視してパンツスタイルを通しましたが、何かといちゃもんをつけられるようになりました。歓迎会のとき、青森出身の男の先生がリンゴの剝き方について話していて、私がちょっと反論したら、それ以来、口もきいてくれなくなった。男はとにかく自分のプライドを傷つけられるのを嫌います。女の人はそれを避けるために、男に対しては反論せず、「知らなかった」とか「スゴイ」としか言わなくなる。

大学の先生が、男と女の問題に関して進んでいると思ったら大間違い。私が勤務していたころは、他の先生はみんな男で、あとから女の人が入っても男たちの言いなりでした。法政大学には三十年間勤めましたが、男たちは順番に出世して役職についていくのに、私だけいつも抜かされました。テレビに出はじめてからは、大学で何を言われるか分からないから、授業だけは休まずにしっかりやっていました。

そうしてだんだん忙しくなってくると、今度は役職をやってほしいって。それまで我慢していましたけど、思わず会議で言ってやりました。「今まで私だけ抜かしておいて、なんで今さら、役職をやれっておかしくありませんか?」。そしたらシーンとして誰も何も言わない。きっと私がテレビに出て派手に見えたから、さらに忙しくさせて意地悪したかったのでしょう。

私はテレビでも大学でもずっとひとりでした。だからといって孤独を感じることはなかった。自分が正しい道を歩んでいるという自信がありましたから。

でも、寂しいと思ったことはあります。テレビ局の廊下で女性タレントとすれ違ったとき、みんな下を向いて知らん顔で通りすぎました。田嶋陽子の考えに共感していると思われたら、男たちに嫌われると思ったのでしょう。テレビ局のなかでは、誰が誰と仲良くしているかをよく見ています。みんな世間から嫌われるのが一番怖い。女の人のそういう姿を見たとき、つらい思いをして生きてるんだなと思いましたけど、やっぱりすごく寂しかったですね。こっちが頑張っているのだから、ウィンクひとつでもしてほしかった。

女性タレントが私を見て、「田嶋先生のファンです」と言ってくれるようになったのは、本当にごく最近のことです。今はテレビ局内でも女性のプロデューサーやディレクター、カメラウーマンも増えて、活躍の場が広がっています。番組のなかでも、昔と比べて「女らしく」や「男らしく」といった性別役割分業に直結するような言葉をあまり言わなくなったような気がします。女の人の容姿のことを揶揄することも減りましたね。テレビは媒体ですから、世間が変わればクルッと変わる。変わり身は早いですよ。でも、女性を取り巻く問題をきちんとしたかたちで取り上げる番組はまだまだ少ない。

まだまだ日本の社会が変わらなければならない部分も多いですが、女性たちが活躍している場を見ることはうれしい。私が蒔いた種が芽吹いてきたと思える出会いもありました。テレビで三十年間戦ってきましたが、今やっと報われたように感じます。

第二章　四十六歳での解放——母との葛藤と和解

母との葛藤が原点

私のいまの生き方は母との葛藤から生まれたと言っても過言ではありません。母は世間、すなわち男社会の代弁者でした。母はよく「そんなことをすると世間様に笑われるよ」などと、「世間」を出して私を牽制《けんせい》しました。そんな母に対して自己主張できるようになり、ようやく解放されたのが四十六歳のとき。それ以来、倍の九十二歳まで生きると決めています。偶然にも、その母が亡くなったのが九十二歳でした。今も私の部屋には母の写真が飾ってあります。

一九四一年に岡山で生まれた私は、父の仕事の都合で半年後に満州へ連れていかれました。その後、朝鮮に転勤になりましたが、父はそこで召集され、母と私は日本に引き揚げて親戚の家を転々とする居候生活がはじまりました。母は手に職がなく、食糧難の時代ですから、どこに行っても人に食べ物をねだらなければ生きていけません。それがどれほど屈辱的なことだったか。

父の実家に居候していたとき、みんなのお膳には魚の切り身があるのに、母と私にだけないことがありました。私は子どもだから「おかあちゃん、あたしもおさかな食べたい」とねだると、母は私の頬をピシャッと平手打ちして、「黙って食べなさい」と怒りました。戦争中はそんなことの繰り返しでしたね。母は手に職をつけたくても、私を置いていったら親戚にいじめられると思うと、勉強に行けなかったみたいです。母はそのことをとても悔しがって、何度もその話を私に聞かせてくれました。疎開体験を語るとき、いつも嗚咽していましたね。母の話を聞くうちに、「自分の食い扶持は何がなんでも自分で稼ぐ」という思いが、私のなかで自然に芽生えていきました。

　一度は父の戦死通知が届きましたが、終戦後しばらくして、父が南方の戦地から奇跡的に帰ってきました。私は父の顔をすっかり忘

2歳の頃、母との一枚。戦地の父に送るため

れていましたから、「変なおじちゃんが来た」と叫んだそうです。ちょうど母に再婚話が持ち上がっていて、母はすごく嫌がっていましたから救われました。

久しぶりに家族が勢ぞろいし、父の実家に近い静岡県沼津市に居を移しました。父は朝早くから夜遅くまでモーレツに働き、酒屋を開店します。七歳年下の弟も生まれ、ようやく幸せな暮らしがはじまるはずでした。ところが、戦争の苦労がたたったのか、母は脊椎カリエスという病気にかかります。

脊椎カリエスは結核菌が脊椎に感染して起こる病気で、当時はまだ治療薬がありませんでした。骨が溶けて流れ出るので、膿を注射器で抜いて、毎日ガーゼを替えなければなりません。母はベッドにしつらえた石膏製のコルセットのなかで痛みに耐えながら、体を動かすこともできず、その状態で数年を寝たきりで過ごしました。母はまだ三十代でしたから、そのときの絶望はどれほど深かったことでしょう。私は母の病気回復祈願のために毎朝四時に起きて遠くの山寺にいわゆる「寒参り」をし、将来は母の病気を治すために医者になると誓いました。

父は献身的に母の看病をしました。物がない時代にもかかわらず、母に食べさせるためにバター一口、卵一個を手に入れようと駆けずり回り、金に糸目をつけずにあらゆる民間療法を試しました。わが家の生活はどうしても病気の母と幼い弟が中心になります。そんななか、私は自分だけ家族の輪から外されているような疎外感を味わっていました。もっと父と母に愛されたかった。

母は死を覚悟していたと思います。自分がいなくなっても、ひとりで生きていけるように私を厳しくしつけました。学校から帰ると、母は私をベッドの横に座らせて勉強させました。教科書が暗記できないと、二尺ものさしでビシッと叩かれる。教科書を引き裂かれて、窓から放り投げられたこともありました。母は寝たきりですから、母のおしおきから逃げることもできたのでしょうが、逃げたら母の病気が悪くなると思うと、逃げられませんでした。

母は完璧主義だったのです。自分が教育を受けられなくて苦労したので、私を同じ目にあわせるわけにはいかないと、焦りがあったのかもしれません。でも、私は母に憎まれていると思っていました。母が「おまえは木の股から生まれたんだよ」と言ったときも、冗談に思えなかった。小学四年生のとき、継母にいじめられる少女の物語を書き、そのなかに自分の気持ちを投影させせました。それが見つかったときには、「親不孝者」と泣かれました。

母に「おまえがかわいいから、厳しくするんだよ」と言われても、その言葉は私の心に届きませんでした。今から考えると、それは愛という名のもとに行われた「いじめ」だったと思います。でも、母に愛されたい私は、じっと我慢するしかありませんでした。

それだけ厳しくしつけておきながら、母からはよく「勉強ばかりできたって、女らしくしないとお嫁にいけないよ」と言われました。当時は、女の唯一の幸せが結婚でしたからね。結婚できない女の人は陰口を言われて、世間からつまはじきにされます。子どもを産めないと親戚中からいじめられたり、実家に帰されたり、そんな悲劇ばかりでした。

私は生まれながら体が大きくて元気だったから、親はあわてたのでしょう。父は昔はハンサムだったらしく、母も小さな顔でかわいかった。だから、「おまえのような顔はうちの家系にいない」って。弟は母に似てかわいかったので、私の赤い着物を着せて、「二人が逆だったらよかったのに」とため息をつかれたものです。「おまえみたいな大足だとお嫁にいけないよ」、そんな言葉も浴びせられました。母は私が「女らしく」なるようにと、一挙手一投足にダメ出しをしました。

「勉強して自立しなさい」と言いながら、「女らしくしてお嫁にいきなさい」と言われるわけですから、赤信号と青信号を同時に出されていたような状態です。要するに、今でいうダブルバインドですね。そのことが私を追いつめ、だんだん自分の気持ちを自由に表現できなくなりました。怒りも悲しみも寂しさも全部、心の奥底に抑圧してしまいます。

夜中になってみんなが寝静まると、トタン屋根の上にのぼって、月を見ながら泣いていました。

「女なんてメンスがきたら終わりだよ」

家のなかでは寂しい毎日を過ごしていましたが、子どもながらにたくさんの夢がありました。小学六年生のときの作文に「総理大臣になりたい」と書いたら、学校の先生が「道は近い」とコメントしてくれました。

中学時代は私のルネサンスでしたね。勉強もできたし、絵を描けば沼津市展で金賞をもらい、読書感想文でも全国で入賞、テニスのダブルスでは沼津市で一番になりました。そのころの将来の夢は、世界一の外科医になって小説を書くことでした。

でも、近所のおばちゃんからは「陽子ちゃんはいくら勉強ができても、女だからね」と言われます。男の先生は男の子の味方をして、私が一番の成績をとっても「あんなテスト、男は真面目にやらないよ」と言うわけです。尊敬していた先生の「女なんてメンス（月経）がきたら終わりだよ」という言葉は、私の胸に突き刺さり、死にたくなりました。私はすっかり自信を失って、女に生まれてきたことに絶望を感じてしまいました。

結局、女は何者かになってはダメで、限りなく小さく、かわいくなくちゃいけない。女の役目は、男のしもべになることです。従順で控えめで、気配りができて、人の言うことを素直に聞いて、自己主張をしないように、言うなれば「小さく小さく女になあれ」と育てられる。そうやって当時の女の子たちは親や教師の言葉にがんじがらめにされてきました。

本来なら、女の子も人から期待されれば、いくらでも伸びていけます。それだけの能力が備わっているわけですから。男の子は男というだけで周囲から期待され、一人前の社会人になっていきますが、女の子はことあるごとに翼を折られ、能力を充分に発揮することができません。

当時、沼津市には男女共学の東高と、女子高の西高があり、東高が進学校でした。私は医者になる夢がありましたから、東高に行きたかった。でも、中学三年生のときに私の初恋を綴った日記が父に見つかってしまいます。そしたら、父の目の前で、日記を一枚一枚破って火鉢で燃やさせられました。挙句の果てに、親が学校の先生に相談して「こんな色気づいた娘を男女共学にはやれない」と、西高に行かされました。そのとき、外科医になるという私の夢も死んだのです。

そんな私を助けてくれたのは、実は男の子でした。私は子どものころに女友だちがいませんでしたし、つくろうとも思いませんでした。女は男のために女を裏切るから。

でも、なぜか男の子とは手を結べましたね。中学の同級生に宮治眞くんというお医者さんの家の子がいて、彼は東高に進学したのですが、私が大学に行きたがっていることを知っていましたから、試験があるたびに答案用紙を持ってきて「東高ではこんな問題がでるんだよ」と教えてくれました。宮治くんはのちに名古屋市立大学病院のお医者さんになりました。

先生からは差別されましたが、男の子のなかには純粋な子もいたわけです。子どもたちは学校教育を通して、まるで囚人が着る狭窄衣のように「男らしさ」／「女らしさ」の規範で縛られていきますが、差別と関係ない状況にいれば、男も女も同じように人間として関わることができる。それが社会に出てしまうと、差別の構造に影響されて男たちは変わってしまう。女たちもそういう男たちに自分を合わせてしまう。自分では意識していなくても、結果として女性差別に加担してしまうことになるのです。

だけど、子どものころは、ある種のホッとするような田園的な瞬間が私の人生のなかにもあったのです。

文学との出会い

西高では、いつも図書館に籠っていました。大学だけはどうしても行きたかったのですが、学校には受験のための準備が整っていないので、ひとりで受験勉強するしかありません。自分の悩みを分かってくれる人が誰もいないから、授業をサボって図書館で勉強したり、本を読んだりしていました。

私は幼いころから本が大好きでした。戦後すぐは本のない時代ですから、父が買ってくる『文藝春秋』や『オール讀物』なんかを読んでいました。小説のなかに「接吻」という言葉が出てきて、読めなくても前後の文章からいかがわしい意味だと分かる。でも、父にも母にも聞けませんでした。小学四年生くらいからは、講談社から出ていた世界名作全集の『二都物語』や『海底二万里（世界名作全集では『海底旅行』）』、中学生からは島崎藤村や田山花袋をはじめとした日本文学を読みました。高校ではイギリス、フランス、ドイツ、ロシアなどの海外文学を手当たり次第に読み漁りました。

それらの名作と呼ばれる小説には、強くて美しくて魅力的なヒロインが登場しますが、最後はいつも死ぬはめになります。メリメの『カルメン』、アレクサンドル・デュマの『椿姫』、エミール・ゾラの『ナナ』、どれもそうです。まるで作家は自由に生きたヒロインを罰するかのように小説中で殺すので、私は読みながら悔しかった。その気づきが、のちに『フィルムの中の女――ヒロインはなぜ殺されるのか』（二一七頁参照）を書くことにつながります。

高校二年生のときに自分で小説を書いて、それが『潮音』という校友会誌に載ったこともありました。お医者さんになりたい姉とお嫁に行きたい妹、二人の対立を描いた物語です。それを社会科の先生が授業で取り上げてくれて、みんなでディスカッションをしました。英語の弁論大会では、イプセンの『人形の家』をテーマに論じました。フェミニズムという言葉は知らなくても、土壌は今と変わっていません。

医学部に行くことも小説家になることもあきらめ、ふてくされていた私でしたが、図書館で本を読むなかで出会ったのが、社会運動家の神近市子や、日本女性で初めて国連代表になった藤田たきでした。神近市子が恋愛関係のもつれから大杉栄を刺した話なんか痛快でしたね。男たちは社会主義だなんだと偉そうにいったって、すごく女性蔑視じゃないかと彼女に共感したのです。神近市子も藤田たきも津田塾大学卒で、津田塾は津田梅子が女子教育のために創設した大学です。そのような気概のある女性たちに憧れ、私も津田塾大学に行くことにしました。

一九六〇年四月、十八歳で上京し、親元を離れた寮生活がはじまります。ずっと母から逃れたかったので、やっと自由になれたと思いました。にもかかわらず、母から電話がかかってくると、涙がとまらないのです。二十年ちかく支配されていると、逃れたいという気持ちがありながら、母に自分を理解してほしい、母にもっと愛してほしいという思いが消えません。母との間の抑圧された関係はずっとくすぶり続け、まるでお化けのように私を操っていきます。

母の言葉を真面目に聞いていた私は、大人になったら女らしくしなきゃと、タイトスカートにハイヒールをはきました。自分の足にあう靴がなかなか見つかりませんでしたが、無理してでも小さい靴をはき続けました。「女らしくなったね」とほめられたかったのです。母と離れた場所にいても、自分の心に住みついた母や世間の目に監視され、自由になれませんでした。

津田塾大学では博士課程を終えるまでの九年間を過ごします。大学三年生のとき、イギリス人の先生が、私の書いた英語の短編をイギリスの雑誌『ENCOUNTER』（一九九一年廃刊）に送ってくれました。次第にイギリス文学の世界にのめり込んでいき、研究の道を志します。でも、いまひとつ研究が自分の肌にぴったりこなくて悩んでいました。

卒業論文でD・H・ロレンスを扱ったときも、自分の書いた論文に結論が出ませんでした。提出日前日の夜中まで書けず、四畳半の下宿にこもって悶々としていました。そしたら指導教官の先生が心配してわざわざ下宿を訪ねてきて、「もう少しだから、がんばれ」と活を入れてくれました。何とか書き上げることはできましたが、「賞をもらえる内容の論文なのに、結論が出せなくてどうする」と先生をガッカリさせて、ものすごい敗北感を味わいました。その先生が、『笑っていいとも！』に出演したとき、私を破門した方です。

大学院に進んでからも、研究の方向がなかなか定まりません。先生に論文を評価され、学会発表もして、それなりに成果をあげていました。でも、日本で英文学を研究することにどんな意味があるんだろう、と考え込んでしまいました。いつもどこかに虚しさが残り、私の内面がちっとも研究に直結しなかった。研究内容と私自身が抱えてきた悩みを結びつけることが出来なかったのですね。

結局は、自分の研究対象であるイギリス文学を女性学的視点で見る勇気がなかったこと、そのための学問的な蓄積が不十分だったということです。一つには、津田梅子や神近市子の生き方に共感して津田塾大学に入ったものの、一九六〇年代の女子大にはまだ女性学の講座はなかったし、フェミニズム発想の講座もなかった。高校時代に図書館で読みあさった文学作品の中の女性たちの多くが最後に死ぬのはなぜだろうという素朴な疑問を女性学的視点でまとめた『フ

27歳、大学院博士課程の卒業旅行で欧州へ

ィルムの中の女――ヒロインはなぜ殺されるのか』は、それから二十年後にやっと出版されることになります。

大学院を出てからは、母校の津田塾大学や東京女子大学で教鞭をとりながら研究を続けていましたが、ぽっかりと空いた心を埋めようと、恋愛やテニスに夢中になっていきました。

恋と研究と私

一九七〇年、二十九歳のときに奨学金を得てイギリスに語学留学しました。そこで、同じく留学生だったベルギー貴族のルイと出会います。

ルイは私より三歳年下、人を笑わせることが好きなひょうきんな性格で、学校でも人気がありました。最初は、家柄について何も聞いていませんでしたが、ベルギーにある彼の家に招待されたとき、はじめて伯爵家の次男だと知ります。私は子どものころからヨーロッパのロマンチックな恋物語をたくさん読んできましたから、白馬の王子さまとの結婚を夢みた時期もありました。シンデレラ・コンプレックスですね。そのとき、私は本物の王子さまと出会い、夢が現実になったわけです。

ルイの家はまさに童話のなかに出てくるお城そのものでした。他人の土地を踏まずに駅まで行けるほど広大な土地のなかに、五階建てのお城、大庭園、厩舎、テニスコート、使用人の家屋まであります。玄関からなかに入ると、舞踏会を開けるようなホールが広がり、奥には幅の広い階段があって壁に大きな肖像画がいくつも掛かっていました。各部屋は壁紙と家具が美しくコーディネートされ、ベッドは天蓋つきでした。

私はクリスマス休暇とイースター休暇をそこで過ごします。お城の雪景色はまた格別に美しかった。私はルイに連れられて晩餐会やパーティに行き、ヨーロッパの社交界を体験しました。社交界といっても若者のパーティはカジュアルでしたが、ちょっとしたパーティになると正装で出かけます。ルイのタキシード姿は落ち着いた風格があり、オーラが漂っていました。また、男兄弟がそろって庭で馬を乗りまわす光景は壮観でした。日本で狭いアパートに住んでいた私にとって、そこには現実離れした生活がありました。私はルイの家族とも仲良くなり、次第に周囲から二人は結婚すると思われるようになります。

でも、いざ白馬の王子さまとの結婚が現実になっても、私の気持ちはぜんぜん弾まなかった。むしろ将来への不安が募るばかりでした。それは、ルイの母や結婚した姉が、いつも疲れて浮かない顔をしていたからです。

伯爵夫人であるルイの母は、女主人として家のなかで采配をふるい、家族やお客さんの世話をし、みんなから愛され敬われていました。それなのに、一日が終わるころにはグッタリして、自分のことは何ひとつできません。広い台所とたくさんの使用人がいても、その実態は日本の専業主婦と何も変わらなかった。たとえ伯爵夫人であったとしても、どんなに良い夫に恵まれたとしても、結婚した女の地位は世界中どこへ行っても同じなのだと身にしみて分かりました。

もし私がここで暮らしていくとしたら、日本語を教えるくらいしか仕事がありません。それは今まで続けてきた英文学の研究をあきらめるということです。はたして自分は何がやりたいのだろうか。愛だけで結婚してもいいのだろうか。私は自分の生き方に迷っていました。

自分が何者か分からないまま結婚したら、だんだん不機嫌になり、周囲に当たり散らすかもしれない。私が受けた苦しみと同じことを、自分の子どもに対して繰り返すかもしれない。このままでは、私は自分の母と同じ道を歩むことになる。因果はめぐり、抑圧の連鎖がつくられることになります。

そのことに気づいたとき、魔法がとけて夢から覚めました。すると、それまでの何不自由ないお城での生活を、まるで幽閉されているように感じはじめました。たしかに愛はほしかったけど、愛だけでは生きていけません。自由を失うくらいなら、お城も庭もパーティもいらない。私に必要なのは、机とペンであり、自分の部屋であり、研究のための時間なのだと分かったのです。

私はまもなくお城を去りました。ルイは別れ際に「五年、待っててもいいからね」と言ってくれましたが、私は深く感謝しながらも、二度とここへ戻ることはないだろうと思っていました。私のシンデレラ・コンプレックスもようやく克服されたのです。

「宿命的恋愛」

日本に帰国した翌年の一九七二年、法政大学に専任講師として着任しました。三十三歳で助教授、三十五歳で教授に昇進し、仕事は順調そうに見えますが、三十代の私はまだまだ研究の不完全燃焼が続いていていました。

人生の転機が訪れたのは、まもなく四十歳を迎える一九七九年、イギリスに二度目の留学をしたときでした。そこで、イギリス人のノエル・ディレンフォースと出会います。彼と過ごした六年間がなかったら、今の私はぜんぜんちがったものになっていたでしょう。そういう意味で、私はあの六年間を「宿命的恋愛」と呼んでいます。

私は上京してからずっと恋ばかりしていました。でも、どれほど恋愛遍歴を重ねても、心が満たされることはありませんでした。恋というよりも、目の前の男を自分に振り向かせたかっただけなのですね。今から思うと、子どものころに親の愛情を実感できなかったことの反動として、男の愛をむさぼり喰らっていたのです。そんなことだから、いつまでたっても飢餓感がなくならないまま、彷徨していていました。

でも、死にもの狂いの恋をすると、自分という人間が全部あぶり出されます。他人に自分をさらけ出すわけですから危険な冒険ですが、それを通して自分を見つめ、自分を発見することにつながります。だから、ある意味で、恋愛は自分が変わるモーメントなのかもしれません。成功しようと失敗しようと、相手に丸ごとぶつかるわけですから。大事な恋愛は自分を変えるし、世界観を変えます。ノエルとの恋愛がまさにそれでした。

ノエルはバティック・アーティストとしてヨーロッパで功成り名を遂げている人でした。バティックとはいわゆる「ろうけつ染め」のことです。当時四十五歳、貧乏ではありましたが、年に二回の個展を開き、美術学校などでも教えていました。私は友人に誘われて個展に行き、それから彼のバティック教室に通います。二人が恋人同士になるのに時間はかかりませんでした。私が彼の家に引っ越し、同棲生活がはじまりました。

男と女の関係でいえば、イギリスは日本よりも進んでいる国ですから、ノエルは経済的にも生活的にも自立していました。炊事・洗濯・掃除をはじめとして、自分のことはぜんぶ自分でやります。彼には元恋人との間に生まれた九歳の男の子がいました。彼女とその子は同じ建物の三階に住んでおり、昼間に彼女が外に働きに出ると、家で制作しているノエルが面倒をみて、ちゃんと子育てをしていました。

彼との暮らしはとても楽しく、刺激的でした。ノエルは優しくてウィットとユーモアに富み、私のことを大切にしてくれました。私は子どものころから親に器量が悪いと言われて育ちましたから、自分の小さな鼻や厚い唇が大嫌いでした。でも、ノエルはひとつひとつを大げさにほめてくれます。私は毎朝、大学の図書館に出かけ、夕方になると彼に会えるのが楽しみでワクワクしながら帰る、そんな毎日でした。

その一方で、ノエルには強烈な自己主張がありました。けっして自分の非を認めようとしないのです。最初は丁々発止のやりとりができて楽しかったのですが、次第に度を越すようになります。食べ物も服装も時間の使い方も、自分の流儀を押しつけようとしてきました。普通なら、どちらかがゆずれば良かったのでしょう。私もほかの人にならできたかもしれない。でも、ノエルに対してはできなかった。一度ゆずったら終わりだという気持ちがあったからです。二人は愛しあいながらも、しょっちゅう衝突していました。

ノエルは物理的にも精神的にもどんどん私の領域に侵入してきました。私が家で研究することを彼はとても嫌がりました。論文を書くためにパーティへ行くのを断ると、非社交的だの働きバチだのと責め立てます。部屋で仕事をしているときはひとりにしてほしいと何度訴えても、「君を愛しているから」とノックもせずに入ってきました。彼はその身勝手さを、愛の名において正当化したのです。

私には自分のために使える時間と空間が必要でした。帰国が迫ってくると、自分の論文を仕上げなければならないので、私はやむをえず、外に仕事部屋を借りました。夕方に図書館から帰り、夜になってそこへ行こうとすると、彼は行かせまいとします。私は仕事部屋へ行くだけなのに、罪の意識を感じてしまう自分が嫌でした。でも、もし私が男でノエルが女だったら、もっと協力してもらえたのではないか、もっと私の仕事に敬意を払ってもらえたのではないか、そう思うのです。

そして、一年半の留学が終わり日本に帰りました。それからは冬休みと夏休みをイギリスで過ごすようになります。会えない期間は、毎週欠かさず手紙を交換し、ときどきは声を吹き込んだテープを送りあいました。テープで彼の声を聞くと、涙がこぼれました。会えなくて身をきられるほどつらいこともありましたが、ヒースロー空港で待つ彼の胸に飛び込む瞬間を考えると、すべてがうまくいくように思えました。

そんな生活が五年ほど続きました。結局は、ルイのときと同じく、結婚を意識すると恋は終わりに向かいます。二人で一緒に暮らすための方法を探したものの、現実的なプランが見つからなかった。私がロンドンで日本語教師になる案もありましたが、私は自分の研究を続けたかった。こんなときに女ばかりが自分の仕事を犠牲にするのは理不尽です。

イギリスと日本の間をとってインドネシアに住もうかと提案され、休暇中に一緒に旅して回ったこともあります。インドネシアはバティック発祥の地であり、旅行中のノエルは溌剌として、どこへ行っても生活の主導権を握ろうとします。でも、それと反比例するように私は退屈になり、彼に対して我慢できなくなりました。とうとう大喧嘩に発展し、無性に研究の続きがしたくなった私は、「くたびれた恋愛よりも面白いものがあるんだ」と啖呵をきり、旅の途中でノエルを残して日本に帰りました。

その後、私たちはお互いの気持ちを手紙で伝えました。もう二人の気持ちが元に戻ることはありませんでした。

ノエルとの関係は、恋愛であると同時に、闘いでもあったと思います。彼が私を自分の世界に取り込もうとしたとき、私は取り込まれまいと必死で闘っていました。彼が一挙手一投足に干渉すればするほど、私は抵抗しました。彼の言動のひとつひとつに、私は理屈抜きで敏感に反応していたのです。なぜこんなに反応するのかを考えているうちに、彼が私を思い通りにしようとする姿が、私の母と重なりました。彼の愛し方は母ととても似ていたのです。彼の愛もまた、私への支配そのものでした。

ノエルとの関係は、私と母との代理戦争でした。私はノエルとの恋愛を通して、過去の亡霊と対決していたのです。

過去の自分と向き合えた

私は子ども時代のトラウマをずっと抱えていました。普段は意識していなくても、そのトラウマは私の人生に影のようにつきまとってきました。そして、ときどき記憶喪失のような状態に陥ったり、まるで金縛りにあったみたいに心が硬直したりするのです。とくに自分の好きな人や恋している人の前に出ると、それが起こりました。本当は素直な自分を見てほしいのに、自分が自分でなくなってしまう。なぜなんだろうと苦しみながら、原因が分からなかった。

ノエルとの恋愛は、自分を縛っていたものの正体を私に気づかせてくれました。私は彼との関係のなかに、まだ幼かったころの過去を投影していました。その苦しみにはどこか懐かしささえ覚えます。そうして過去が再現され、幼児期への退行現象を引き起こして、行きついた先は母との関係でした。

子ども時代の私は、いつも母の愛を求めていました。母に嫌われたくない一心から、いい子になろうと必死でした。母の前ではオドオドして、自分の気持ちを言葉にできなかった。「ノー」を言ったら、それっきり愛されなくなるんじゃないか。そう思うと、何か言おうとしても感情が高ぶってしまい、涙声になるのです。母に怒られたときは、私が悪かったんだと自分だけを責めていました。こうして私は自意識過剰になり、自分のことが嫌いになりました。自分が何をしたいのかさえ、相手の顔色を見なければ決められません。自己主張をしたら愛を失うかもしれないと思うと、私の自我は手も足もないダルマさんのようになりました。

私はノエルと闘いながら、母との関係を追体験していたのでしょう。振り返ると、彼が私を抑圧してきたとき、デジャヴ体験がありました。

「そうか、私はこの人を通して、自分の母と闘っていたんだ」

そのことに気づいたとき、自分を苦しめていたもののカラクリが分かりました。過去と同じ状況に身を置くことで、自分の成り立ちまでさかのぼり、過去の自分と向き合うことができたのです。

ノエルの抑圧は、母とはひとつだけちがっていました。母は怒ったとき、私から愛を取り上げようとしました。だから、私は愛を失う恐怖に怯えました。でも、ノエルはどんなにぶつかっても、愛をかけひきに使わなかった。私が何度「ノー」を言っても、どれほど自己主張しても、彼はこりずに愛してくれました。だから、私は安心して闘うことができたのです。おかげで私は愛する人に怯えなくなりました。そうやって、私は自分の心を鍛えなおしていきました。

私はノエルにこだわっていたというより、自分自身にこだわっていたのでしょう。すべてに納得できたとき、私は相手を許すことができたし、相手へのこだわりもなくなりました。あとで聞くと、彼もまた過去にトラウマを抱えていたそうです。だから、お互い相手を別の誰かに見立てて、心の奥底にしまい込んでいた問題を追体験しながら、自分を修復していたのかもしれません。

ようやく母の呪縛を断ち切った私は、自意識を解放し、自分自身を取り戻しました。気づいたら四十六歳になっていました。ずっと何かに怯え、もがきながら、遠い道のりを歩いてきましたが、そのときに私の人生が新しくはじまったのです。

ノエルと別れたときは、体を二つ折りにして呻いてしまうほどの寂しさを感じました。その寂しさは何年も続きました。でも、すぐに次の恋愛に走ることはありませんでした。もう慰めの恋はいりません。私は自分の足で立つことができたのですから。

母との和解

母はいつも「世間がこうなんだから」と世間体を持ち出して、私をコントロールしようとしてきました。私はその言い方が大嫌いでした。どうして「自分はこう思う」と言えないのだろうって。でも、心のなかでそう感じながら、結局は母にひれ伏してきました。それまでも母に文句は言ってきましたが、大事なことになると正面きって「ノー」をとなえることができなかった。

ノエルとの恋愛を終えてから、母が私の決断に反対したことがありました。そのとき、今まで言いたくても言えなかった言葉が、口をついて出たのです。

「お母さん、これは私の問題だから、私に決めさせて」

四十六年かかって、やっと言えました。ノエルとの闘いが私を成長させたのです。一度言えたら、何度でも言えました。もう母を恐れることはありません。私は自分を縛りつけていたものから解放され、自由になったのだと実感しました。

私にとって恋愛は自分を見つめ、自分を知るための手段でした。恋愛が心の底に沈殿したものを意識化してくれました。苦しみから脱出するためには、自分の不安や恐怖の原点に何があるのかを見極めることが必要です。男からドメスティック・バイオレンスを受けた女の人が、次も同じタイプの男を選ぶことがあるでしょう。それは自分の過去と向き合っていないから、何度でも同じ体験に苦しめられているのです。私もノエルとの恋愛で自分を縛るものについて自覚できなければ、同じことを繰り返していたと思います。しかし私は自分の過去と対決して、堂々めぐりを断ち切ることができたのです。

一方、母も馬鹿ではありませんから、もう娘の人生を支配できないと気づいたようです。二度と「世間様が」とは言わなくなりました。私は母と対等につきあえるようになって、ようやく和解できました。そしたら、母は自分ひとりの世界を見つけるようになって、ほんとにかわいいおばあちゃんになりました。もしかしたら、それまでの母は、私を支配することが生きがいだったのかもしれません。

のちにNHKから「母と娘」をテーマにした番組の取材を申し込まれたことがありました。母は出てくれず、私ひとりの出演となりましたが、そのときに「こういうことを話すね」と母に言いました。子どものころ、どれだけつらかったかってこと。そ

対等につきあえるようになった母と、ハワイ旅行へ

したら、母はキョトンとしてました。そして、「そうか、おまえがそんなに苦しかったのなら、悪かったね」と言うのです。母にしてみれば、戦争の後遺症だとか、女としての苦しみだとかをたくさん抱えて、娘の私にあたっていただけかもしれない。いじめの自覚はなかったのでしょう。

それからはふと気づくと、母が私の顔をじっと見ていることがありました。「あんなに大事に育てたのに、この子はなんでそんなことを言うんだろう」って、そんな顔をしていました。人をいじめる人は、いじめられてる人の気持ちは絶対に分からないのだと思います。ましてや母と娘の関係でいえば、母は善意でやってるわけですから、そんな自覚はないのですね。

私は、それまで女の人のことが嫌いでした。女である自分自身のことが嫌いだったからです。でも、母と和解してからは、女の人に嫌悪感を抱くようなことはなくなりました。女の人は誰もが今の社会で生きづらさを抱えているのだと分かり、女性たちを支配している「構造としての女性差別」が見えてきたのです。

それからの私は、女の人を信じられるようになりました。

「父の娘」と「母の娘」

自己が解放され、自分の輪郭がはっきりしはじめると、研究の方向性も見えてきました。三十代の私は、ほかの人にない視点を見つけようと、自分の個性を掘り下げる努力を続けてきました。そして、二度目のイギリス留学をきっかけに、私は思いきって英文学に女性学の視点を取り入れます。

これまでの英文学研究は、男性の見方を中心に展開されてきました。男と女の恋愛が論じられるにしても、どれも男性の視点から見ていて、女性の問題は些末なこととしか捉えられてきませんでした。批評はどうしても偉い先生、つまり男性側の見方に沿って生まれてきますから、私が読んでもいまいちピンとこなかった。そこで、勇気を出して自分の視点で読みはじめたわけです。すると、私のなかで大きな転換が起きました。

女性学の視点からイギリス小説を読み直してみると、今まで見えなかったものが鮮明に見えてきました。それが「母と娘」というテーマです。伝統的な英文学研究では、父と息子の関係が重要なテーマになってきましたが、母と娘の関係は論じられてきませんでした。十九世紀のイギリス小説を眺めてみると、女主人公に母がいたとしても、その母とは疎遠な関係だったり、母と娘が断絶、つまりは母がいなかったりします。自分がずっと母との関係に悩んできたのに、なぜ小説では母の存在が希薄なのだろうか。この疑問が研究の出発点になりました。

イギリスから帰国後の一九八六年、私は「『父の娘』と『母の娘』と」という論文（鷲見八重子・岡村直美編『現代イギリスの女性作家』〈勁草書房刊、一九八六年〉所収、一九九三年に『もう、「女」はやってられない』に収録）を発表し、そこで「父の娘」と「母の娘」というカテゴリーをつくりました。「父の娘」は父親の価値観を内面化した女性、「母の娘」は父親に反旗をひるがえす女性です。

父権制社会のなかでは、娘たちは社会に受け容れてもらうために「父の娘」になり、母と娘に不利益なはずの父の言葉で話します。誰も母の味方をせず、母の正義と公正を求める言葉に耳を貸しません。「父の娘」は男社会にとって都合の良い女であり、けっして女の味方にならないのです。一方、数少ない「母の娘」は過去には魔女として糾弾され、社会の周縁に追いやられる運命にあります。ヴィクトリア朝時代の小説を読むと、「母の娘」や、「母の娘」になろうとした「父の娘」はみな病死したり、狂死したりすることによって、罰せられてしまうのです。

このように「父の娘」と「母の娘」の概念を定義したことで、私の研究の基盤ができました。女性が抑圧されてきた構造を文学から読み取ることで、自分が悩んできた問題を研究に組み込むことができたのです。その結果、私の悩みが自分ひとりではなく、世界中の女の人が悩んできたことと共通していると分かって、そこに普遍性を見

50歳の頃、法政大学の教壇で

出しました。また同時に、現在の社会を分析するための基本的な視点も定まりました。今の日本において、女の人が女性差別を黙認したり、積極的に男社会に加担したりするのは、彼女たちが「父の娘」だからなのです。

私はさらに日本文学もフェミニズムの視点から読み直し、川端康成の『雪国』を論じました。中学生のころに初めて読んだときは、面白いと思わなかった。でも、それは私が女なのに、男の立場から読んでいたからです。

私は日本文学に関しては素人でしたが、先行研究を読むと、どの研究もやはり男の視点に偏っていました。私は語り手の島村ではなく、語りの対象である駒子の立場に立脚して、作品に描かれた女性差別の構造を指摘しました。

文学には普遍性があると思われていますが、文学が女性差別を強化することもあります。そこに描かれた差別的な女の状況が、文学固有の力で美化され、正当化されるからです。そして、読者の無意識のなかで再生産されていく。女性学的視点に立った文学研究には、そのような文学の危険性を暴く役割もあるのです。

私は英語・英国小説の教員として法政大学に勤めていたので、女性学についてはもぐりで教えていました。英語や英国小説の授業のなかで、女性学の視点を入れた教材を使ったりしていたのです。でも、途中から「英語特別講読」の講座に女性学を入れることが許され、だんだん女性学の授業が増えていきました。私がテレビで発言するようになってからは、法学部でフェミニズムの講座を用意して教えさせてくれました。今ではどこの大学でも女性学が堂々と教えられていて、私が大学にいたころとずいぶん変わりましたね。

私がいつフェミニズムに出会ったのかと聞かれることがあります。でも、気づかなかっただけで、ほんとは自分のなかにずっとあったものだと思います。生まれてものごころがつく前に出会っていたのです。「女らしくしろ」と育てられた子どものころから、人生が理不尽だと感じていたわけですから。フェミニズムは、もともと女の人のなかに、あるいはすべての人のなかにある人権意識といっていいかと思います。

私の場合、フェミニズムに関する立派な本に惚れ込んでフェミニズムがはじまったわけではありません。自分を解放するために、ひとつずつ闘いながら、私なりのフェミニズムを積み上げていきました。だから、田嶋陽子流フェミニズムなのです。

従って私にとっては、世間で「思想」となったフェミニズムよりも「私」の方が大切です。ですから、フェミニズムが私を苦しめるようになったら、フェミニズムを捨ててしまうでしょう。無理をして、自分の心に誠実でない生き方は良くありません。田嶋流フェミニズムは自分の腹からしぼり出してきたものだから、たとえ呼び名が変わったとしても、その精神は私のなかで生きていくと思います。

母が抱えていた苦しみ

私なりに母との関係や社会との関係を分析し、女性全体を支配している構造を言語化できたとき、これまで見えてなかった「人間としての母の姿」が見えるようになりました。母もまた自分の人生を生きられず、苦しんでいました。そこから女性たちを縛りつけている抑圧の輪が見えたのです。

母の初枝は一九一七（大正六）年、新潟の山村にある、母によれば、「裕福」な家に生まれました。母はよく実家の自慢をしていました。抱えきれないほど大きな柱のある立派な家だったとか、みんなが木綿の着物を着ているとき、自分だけ銘仙を着せてもらったとか。そうでも思わなければ、苦境を乗り越えられなかったのかもしれません。

それだけの家であっても、母は女だからと教育を受けさせてもらえませんでした。実家は農家でしたから、母は農閑期になると東京へ奉公に出されます。奉公先では、着ているものを汚さないように、下駄もすり減らさないように倹約し、お給金は封筒に入れたまま手もつけませんでした。そして六ヶ月分の封筒を全部行李の底に貯めて、封筒ごとそっくり父親に差し出していたそうです。

尋常小学校さえまともに通えず、弟をおぶって登校し、弟が泣くと用務員室へ追いやられました。学校から帰ってきてからは家の手伝いをしなければなりません。晩年になってからも、「あれだけ家のために尽くしてきたのに、なぜ学校へやってもらえなかったのか」と、ずっと悔しがっていました。

母もまた自分の母から厳しくしつけられたと言います。あまりの厳しさから憎しみまで抱いていました。母も私と同じ経験をして、葛藤を抱えながら生きていたわけです。

母はおばあちゃんになってから人間が丸くなりましたが、もともと強い自我をもつ潔癖な人でした。十八歳のとき、親が縁談をまとめて結納まですませたのに、農家の人との結婚を拒否して、満州へ逃げ出しました。当時からすれば、ずいぶんと勇気ある行動だったことでしょう。そこで酒造会社に勤める田嶋功と出会い、二十四歳で結婚しました。そして、日本に戻ってから私が生まれます。

父はもの静かな優しい人でした。不平不満を何ひとつ言わず、戦後は仕事をしながら、病気で寝たきりの母の看病と生まれたばかりの弟の育児を全部自分でやりました。そんな父と母は近所でも評判になるくらい仲の良い夫婦で、幼い私が妬ましく思ったほどです。

母は私が生まれたときのへその緒や、赤ん坊のときに使っていた腹がけをずっと大切に持っていました。戦争中に、結婚式の引き出物でもらった風呂敷を工夫し、ワンピースをつくってくれたこともありました。そのときの写真には、無邪気に笑っている私が写っています。子どものころの私はそんな品物や写真を見て、「私だって、ちゃんとかわいがられていたんだ」と自分を慰めていました。私が小学生のとき、体が大きいからといじめられたことがありましたが、のちに同級生から聞いた話では、母はいじめた子を呼び出して叱ったそうです。

病気になってからの母は、病気の苦痛と死への絶望にうちひしがれ、自分のことで精いっぱいだったのでしょう。それなりの頭脳も気力もあった母にとって、三十代で死ぬかもしれないと思うことが、どれほど無念だったことか。

抗生物質の一種であるストレプトマイシンという薬ができて、母の命は救われました。母は体調が良くなると、やりたいことが出てきました。もっと大きな家を建てたい。あそこの安い土地を買って商売を広げたい。でも、あれをしたいこれをしたいと思っても、実印をもっている父がハンコを押さないから何もできませんでした。父からすれば、母の病気が再発して大きな出費が必要になるかもしれないから、心配だったのでしょう。酒屋を開いて必死で働いていましたが、実際にはそれほどお金がなかったのだと思います。

満州で出征直前の父の腕に抱かれて

　でも、母は自分が男だったらと思うとやっぱり悔しかった。母は「ハンコひとつで殺される」とよく言いました。当時はどの家庭も夫だけがハンコを持ち、一家の長である夫の許可がなければ何もできません。女は自分の人生を自分で選べず、自己決定権がありません。それが家父長制というものです。母はあれだけ父に大切にされていても、自分には自由がないのだと骨身にしみて感じていました。

父は六十代前半の若さで亡くなりました。父と母は月に一度、私がはじめて建てた立川の家を訪ねて、庭の手入れをしてくれていました。ある寒い日の朝、早起きした父はいつものように庭の手入れをすませ、トイレに入って倒れました。救急車で運ばれるとき、父は私の手をぎゅっと握りました。父とあんなに固く手を握りあったのは、それが最初で最後です。父はそのままあっけなく一週間後に逝ってしまいました。脳溢血でした。

戦争で命をすり減らした父は、戦後になって母の看病と二人の子どもの面倒を見ることで、自分の命を使い果たしたような気がします。母の病気が治り、子どもたちも独立して、もう自分の役目が終わったと納得したのかもしれません。私は父の死を見て、人は「もういいか」と思ったときに死ぬんだなって、そんなことを考えました。

母は、父が死んでからも父に感謝していました。亡くなってからの三年間、毎日、洗ったシャツをハンガーに掛け、陰膳をすえて、手をあわせていました。そして毎朝四時半に起きて、お墓の掃除に行きました。たいしたものだと思いました。

母は「お父さんみたいにいい人は、この世に二人といない」と言っていました。でも、私がふざけて、「生まれ変わったら、またお父さんと結婚したい？」と聞いたら、「いやあ、結婚だけは結構でございます」と、ふざけながら真顔になりました。だから、どれほど父に感謝していたとしても、母の人間としての本音は違ったのですね。自分を大切にしてくれる人に出会ったけれど、それはあくまでも運が良かっただけで、結婚がもつ女性差別の構造には気づいていたのです。

母もまたフェミニストだった

もし母が男だったら、どんなにおもしろい仕事をしただろうと思います。

七十歳をすぎて私と和解した母は、いろいろなものをつくって私に見せてくれました。着物をほどいて仕立て直したり、裏地や端切れを利用して小袋や子ども用のリュックサックをつくったりしていました。母はそれらをバザーに出して表彰されたこともあります。そんな母の姿を見たとき、私は胸がしめつけられるような気持ちになりました。母が高等教育を受け、きちんとしたポジションに立っていれば、自分のやりたい仕事をして、自分の世界をつくって、たくさんの人を喜ばせていただろうなって。

母はしょっちゅう「女は損だね」と言いました。料理をしたり、裁縫をしたりすることを楽しみにしていましたが、それはつまり、女の役割として与えられたもののなかから楽しみを見つけるしかなかったということです。

母がなぜ私をいじめたのか、今ならよく分かります。母の生き方が、子どもに跳ね返ってきたのです。抑圧された状況のなかで、母はやり場のない怒りと不満を、無意識のうちに子どもにぶつけていたのですね。そこには、抑圧された者が弱い者をいじめるという「いじめの構造」がありました。だから、私が悪いわけではない。母が悪いわけでもない。ましてや女が悪いわけではないのです。

晩年の母は弟の家族と一緒に沼津に住んでいましたが、月に一度、新幹線に乗って東京の私の家に来ていました。私は留守がちだったので、会わずに帰ることもありましたが、母なりに息抜きをしていたようです。私の講演テープを聴いていたこともあり、それには驚きました。母がどれほど話を理解できたのかは分かりませんけど。

ある日、家に帰ると、部屋に置いていた植木鉢にメモが貼ってありました。母は字が書けなかったので、結婚してから父に習っていました。平仮名とカタカナと少しの漢字を使って文章が書けるようになりましたが、ときどき漢字がひっくりかえったりしています。その母が、水をやるのを忘れて黄色くなった植木鉢を見かねて、次のように書きました。

「私は水がすきなのです。水がないとるすばんができないのです」

それを見たとき、私は声をあげて泣きました。母が詩のような文章を書いた、それは私にとって感動的なことでした。

母は何かといえば、「お母さん、病気になっちゃったからね」と言っていました。母は自分で稼げなかったことに苦しんでいました。自立したくてしょうがなかった、でもできなかった。その悔しさがあったのだと思います。

私には今でも忘れられない光景があります。まだ母が寝たきりで伏せっていたときのことです。母は体調が良くなると、起きて化粧をして、台所に立ちました。あるとき、茶碗を洗っている母の肩が震えていました。笑ってるのかなと思ったら泣いているのです。「どうして泣いているの？」と聞くと、母がこう答えました。

「なんでお母さんだけが、こんな茶碗のおしりをなでてなきゃいけないの」

いつも怖い母が泣く姿は、子どもの私にとっては衝撃でした。でも、そのときの私は、「だってお母さんはお茶碗を洗う人なんでしょう？」と思っていました。私は幼くして性別役割分担を内面化し、母を「母性」という役割に押し込めていたのですね。私は「父の娘」であり、母の敵だったのです。

母の言葉は今も私の胸に突き刺さっています。成長するにつれて、その言葉は世界につながっていると分かりました。女という立場でいえば、私も母も同じ基盤に立っていたのだと思い出させてくれます。だから、母の言葉は私にとっての原点であり、一生私のなかで生きています。

私をいじめて苦しめた母でしたけど、私が四十六歳を過ぎてから母をひとりの女性として見たとき、気の毒だったと思います。だから、母も私も同じフェミニストなのです。

母や私だけではありません。女は生まれながらにして本来みんなフェミニストなんだと思います。学問があろうがなかろうが、自分の身から出た、魂の叫びとしてのフェミニストです。いわゆる男社会が女に割りふった役割に閉じ込められたくはないのです。みんな自分を自由に十二分に生きたいのです。

第三章　六十歳から何でもできる

四年ぶりのコンサート

二〇二三年十一月四日、久しぶりに日本橋の三越劇場で「シャンソン&トークコンサート」を開きました。阿川佐和子さんに司会をお願いして、ゲストに歌手の大原まみさんと野田孝幸さんを招き、私は十二曲を歌いました。これまでも毎年一回、三越劇場でのコンサートを続けてきましたが、コロナ禍でしばらくお休みしていたので、四年ぶりです。今回は初めて美空ひばりさんの歌に挑戦したり、野田さんとワルツを一曲踊ったりと盛りだくさんでした。

美空ひばりさんを歌うことは、私にとってひとつの冒険です。美空ひばりさんは戦後まもなく九歳でデビューし、私が小学生のころに「天才少女歌手」と呼ばれて大人気でした。私も『リンゴ追分』を熱心に聞いて、歌っていました。でも、中学生のときに学校の先生から「美空ひばりみたいな下卑た歌を歌うな」と言われてしまいます。当時は子どもが流行歌を歌うことに批判があって、とくに学校の先生は美空ひばりさんや笠置シヅ子さんを毛嫌いしていました。

私が歌手として活動するようになってからも、『愛燦燦』や『津軽のふるさと』を大きな舞台で歌うことはありませんでした。でも、今度はちゃんと歌ってみようという気になりました。ずいぶん時間がかかりましたが、八十二歳になってから、ようやく中学の先生への反抗です。

2019年、「三越劇場」でのコンサート

なんだか老体に鞭を打っているようで、歌詞もなかなか覚えられなくて大変でした。コンサートではのっけから歌詞を忘れてしまって、恥ずかしい思いもしましたが、おかげさまでたくさんのお客さんが聴きにきてくれました。美空ひばりさんの『愛燦燦』と『悲しい酒』のほかに四曲メドレーを歌って、ワルツもどうにかこうにか踊りきりました。最後は出演者とお客さんの全員で私の持ち歌『ひいふうみいよう』を歌って終わりにしました。

シャンソンは六十五歳のとき、ひょんなことからはじめて、毎年大きな劇場でコンサートをするようになりました。なかなかうまくなりませんが、こうして聴きにきてくれる人もいますから、もう少し続けようと思います。

シャンソンへの道

子どものころの私は、歌が大好きでした。高校生のときに、オペラ歌手の砂原美智子さんが学校に招かれ、『リゴレット』や『蝶々夫人』を美しい声で歌う姿を見て、将来オペラ歌手になりたいと夢見たこともありました。

中学生のとき、私は合唱団コンクールのメンバーに選ばれました。その合唱団が沼津市のコンクールで一位になり、県大会まで行きました。結果は二位だったのですが、講評のときに審査員の先生が私に向かって、「そこの生徒さん、あなたは歌うときに体を動かしすぎます」と注意したのです。多感な時期ですからすごいショックを受けました。終わってからも先生は慰めてくれないし、誰も何も言ってくれない。実際はそれだけが敗因ではなかったのかもしれませんが、そのときは自分のせいで負けたと思いました。七十年経っても覚えているということは、心の傷になったのでしょう。

私はそれっきり歌わなくなり、そのせいかどうかわかりませんが、なぜか中学三年生の時は先生の合唱団で指揮をしていました。

高校からは学内合唱コンクールの指揮者を担当するようになりました。だから自分では歌っていなかったようです。大学に入ってからは、友人に言わせると、よく津田梅子さんのお墓の前で『ある晴れた日に』を歌っていたそうです。ただ、流行歌に関しては世間知らずもいいところで、美空ひばりさんの二、三曲止まりでした。

そんな私がまた歌うようになったのは、二〇〇三年に国会議員を辞めて、軽井沢の自宅に引きこもっているころでした。きっかけは、いつも行く酒屋さんから「町おこしに何かやってくれませんか？」と頼まれたことです。二十年前の軽井沢は一歩中心地をはずれると人気がなく、冬になるとキツネとタヌキしかいない町でした。その酒屋さんは商工会議所の役員をしていて、冬の軽井沢で町おこしをしたいという思いがあったようです。私はそれまでに何回か軽井沢で講演をしていたので、「じゃあ、今度は歌でも歌いましょうか」と冗談で言ったら、「それはいいですねー」と乗ってくれました。

たまたま友だちにシャンソン歌手がいて、その話をしたら、早速シャンソンの先生を紹介してくれました。そういう経緯なので、どうしてもシャンソンを歌いたかったわけではありませんが、それから週に一、二回レッスンを受けることにしました。ずっと大学で教えてきましたから、六十歳をすぎて逆に人から教えてもらうことはとても新鮮でした。でも、習いはじめは、伴奏にあわせたり、歌詞を覚えるだけで精一杯です。先生から具体的に指導されても何をどうしたらいいのか分からなくて、ピアノの音が鳴っただけでドキドキしました。それでも、少しずつ歌えるようになり、だんだん私も乗ってきました。

ところが、しばらくして酒屋さんに「あの話はどうなりましたか?」と聞くと、

「あの話はなかったことにしてください」だって。多分、商工会の会議で「そんな素人を」って断られたのでしょう。誰も私が本当に歌えるとは思ってなかったのです。悔しいから「それじゃあ、自分ひとりでもやってやろう」と逆に燃えてきました。そして、半年後の冬にホテル音羽ノ森でリサイタルを開くと、八十人しか入らない場所に二百人以上が来てくれました。軽井沢のいくつかのホテルにお願いして、ディナーを提供していただきました。

はじめてのディナーショウはさんざんでした。稽古期間がたったの半年ですから、歌えるなんてもんじゃない。歌詞を忘れて途中で棒立ちになる。歌詞が飛んでビックリして楽屋に引っ込む。しょうがないからバカ話をする。恥ずかしい思いをいっぱいしました。でも、それがかえって面白かったのか、終わってからのアンケートには「久しぶりに大笑いしました」「これでもいいから続けてほしい」と書かれていました。

私のコンサートは、歌とトークがありますが、最初のころはお客さんも私のトークがメインだと思っていたみたい。

二回目が万平ホテルで五百人くらい集まり、続けて、クラシック音楽のコンサートで利用される大賀ホールと、だんだん規模が大きくなっていきました。そうやってひとりで町おこしをがんばっていましたが、駅前のアウトレットモールが大きくなり、軽井沢が観光客で賑ってきたので、私のコンサートも必要なくなりました。それからは東京の四谷にある「蟻ん子」というライブハウスで毎月歌わせてもらっています。

コンサートでは、私がド派手なドレスを着て、つけまつげを重ねづけして登場するから、ビックリする人が多いです。このときばかりは、今まで私をさんざん苦しめてきたハイヒールをはきます。その姿を見て「ああ、やっと女になった」なんて言われることもありました。だからといって、「女みたいな格好をして、普段言ってることとちがうじゃないか」なんて悪口は言われませんでした。むしろ、私が着慣れないものを着てヨロヨロしてるのを見て、みんな大喜びでした。

なかには「スーツを着て歌えばいいのに」と言ってくれる人もいます。ベテランの歌手のなかには、シンプルな服をさらりと着こなしている人もいますが、私はまだまだその域に達していません。私が黒のドレスで歌ってもつまらないでしょう。見てる人はふだんと違う田嶋陽子を見たいでしょうから、サービスです。

　それにギンギラギンのドレスを着て、つけまつ毛をつけると、いつもとはちょっと違う自分に変身できて、気持ちも大きくなります。やっぱり恋の歌なんてシラフでは歌えません。とくに、つけまつげは劇的な変化を起こします。鏡のなかにいるのは、いつもとちがう自分。その姿に出会うと、ちょっとぐらい嘘をついてもいいんじゃないかと思えるくらいです。そうやって、歌のマイナスを衣装と化粧で補うくらいの気持ちでがんばっています。

惚れた腫れたの歌より反戦歌を

「シャンソンを歌ってます」なんて人に言うことがありますが、フランス語もできないのに、よくそんなことが言えたものです。恥ずかしくなることがあります。

　それに、もともとシャンソンに興味があったわけではなく、シャンソンは恋の歌ばかりだと思っていました。最初は、そんな惚れた腫れたの歌なんて歌いたくないとさえ思っていました。

でも、シャンソンには悲しみや嘆きなど魂の叫びを歌ったものが少なくありません。例えば『リリー・マルレーン』はドイツの反戦歌ですが、シャンソンとして歌われています。この歌は、第二次世界大戦中にドイツと連合軍の双方で聴かれ、兵士たちが故郷を思い出して涙したそうです。私も戦争を体験した世代ですから、戦争反対の気持ちはいつまでたっても消えません。生まれて八ヶ月後に太平洋戦争がはじまり、父が兵隊として召集され、母も私も苦労しましたから。今でも反戦歌を聴くと、その時代の記憶がよみがえって身につまされます。

昨年、三越劇場で歌った『ひまわり』は、一九七〇年に公開されたイタリア映画『ひまわり』のテーマ曲です。この映画は第二次世界大戦によって引き裂かれた男女の悲哀を描いた作品で、有名な一面に広がるひまわり畑のシーンはウクライナで撮影されました。私は以前から歌っていましたが、ウクライナで戦争がはじまってからは、より反戦への思いを強く込めて歌っています。

ほかにも『今日は帰れない〜パルチザンの唄〜』はナチスへの抵抗を歌ったポーランドの反戦歌、『鶴』は戦争で亡くなった人々を悼んだロシアの反戦歌、『美しい昔』

はベトナム戦争への反戦歌です。日本の反戦歌も歌います。与謝野晶子の『君死にたまふことなかれ』とか、谷川俊太郎さんの『死んだ男の残したものは』とか。

失恋の歌を歌うより、反戦歌のほうが自分らしい気がします。今はコンサートで半分くらい反戦歌を歌って、合間のトークショーでも反戦のメッセージを伝えています。そうでなければ、私が歌を歌っても意味がないような気もしますから。

でも、恋の歌もよく調べてみると、味わい深いものがあります。私は歌詞の意味をしっかりと理解して歌うようにしています。恋の歌であっても原詩を読むと、日本の歌詞とは雰囲気がぜんぜんちがう。フランスのシャンソンに登場する女性は強いですね。自分から男を捨てたり、ふられても前向きに未来を見つめていたり。だけど、それが日本語の歌詞に翻訳されると、典型的な日本の男と女の関係に置き換えられてしまいます。

日本の歌はどうしても女が弱々しい。私はこれまでも日本の演歌や流行歌の歌詞を批判してきました。殿さまキングスの『なみだの操』には「お邪魔はしないからおそばに置いてほしいのよなんて、女はポチか」。都はるみさんの『北の宿から』には

「着てはもらえぬセーターなんか編むんじゃないよ」って。都はるみさんにはちょっと申し訳なかったかもしれない。けど、流行歌にはその時代の世相が映し出されていますから、女性学の視点から歌詞を分析すると、女性差別の構造が読み取れます。

シャンソンでは同じ歌でも、訳者によって歌詞の内容も変わります。なかには原詩とガラッと変わって、訳者による創作のような歌詞もあります。日本語の訳詞がおかしいと思ったら、一度、原詩に戻ってみるのもいいかもしれない。私はそれぞれの歌詞を比較して自分がどれを歌うかを慎重に選ぶようにしています。たとえば、『リリー・マルレーン』はいろいろな人の訳がありますが、なかにし礼さんの訳詞を選ぶととてもいい反戦歌になります。

私は歌詞が気に入らないと、歌いません。シャンソンに『生きる』という歌があります。「好きなように生きた」という歌詞からはじまる歌で、年を重ねたシャンソン歌手がよく歌っています。とてもいい歌なんですが、そのなかの「やり残した事も沢山あるけれど　やる事はやった　人の倍ぐらい」というところが嫌なんです。人の倍なんて、どうして人と比べられるのでしょう。自分の人生は自分のものですから、人と比較できるものではないと思う。どこか傲慢な気がします。もし違うバージョンの訳詞があれば選びますが、今のところ見つからないし、自分で歌詞を書く勇気もないので、歌わないと決めています。

私にとって歌詞はとても大切です。ときどき歌声は美しいのに、何を言っているのか分からない歌手がいますが、言葉を聞き取ろうとしてイライラしてしまいます。どれほどメロディやリズムが良くても、意味が分からないと私は退屈してしまう。大学の教師としてずっと学生に教えてきましたから、言葉をちゃんと伝えようという気持ちが強いのかもしれません。

私は歌やメロディを通して、自分の言葉や気持ちを伝えたいのです。だから、歌詞は私の意志ですね。シャンソンであれ何であれ、歌うことも田嶋陽子の表現のひとつだと思って歌っています。

歌手として認められたい

何事もうまくなるためには、人前で披露することです。恥をかきながら、迷って悩んで必死にならないと、上達しないと思います。

私は毎月、東京の四谷にある「蟻ん子」というシャンソニエで歌っています。シャンソニエは、お酒やコーヒーを飲みながらシャンソンが聴けるライブハウスです。戦後の日本では、シャンソンブームが起こり、都内にいくつものシャンソニエができました。銀座にあった銀巴里は美輪明宏さんらを輩出し、三島由紀夫や寺山修司が通ったことでも有名です。時代とともにシャンソンは下火になり、銀巴里をはじめ老舗が次々と閉店して、現在は東京で十五、六軒が残っているだけだそうです。

私は自分が歌う場所を探してシャンソニエを訪ね歩き、「蟻ん子」にたどり着きました。一階に花屋さんのあるビルの階段を降りると、華やかな照明に照らされたステージと定員五十人あまりの客席があり、壁面は歌手のしますえよしおさんの美しい油絵で埋め尽くされています。私は一目で気に入りました。

ぜひここで歌いたいと思い、自分で電話して交渉しました。マネージャーの大貫常藏さんと歌手の朝吹タツヤさんとの面接とオーディションでは、「うちのお客様は耳が肥えてますから」と脅かされましたが、やるとなったら覚悟を決めました。まずは朝吹さんにシャンソンを何曲かレッスンしてもらいました。その二、三ヶ月後、朝吹さんから出演のお誘いを受け、ステージに立つことになりました。

ここでのライブは、お客さんに飲み物を飲みながらリラックスしてもらい、私は休憩をはさみながら七、八曲を歌います。ステージに立つと、お客さんの顔がすぐ目の前にあって、大きなコンサートとはちがう緊張感。ため息までお客さんに聞こえますし、ミスしても誤魔化しがききません。ある人に言わせれば、大舞台でばかり歌うと慣れが出てくるから、小さなライブで客の反応を見ることが大切なのだそう。私は毎回あがりまくって、七転八倒しています。

歌手活動はライブやコンサートだけでなく、CDも三枚つくりました。シャンソンをはじめてから二年目の二〇〇七年に、オリジナルCDをつくりましたが、このときはまだ歌の基礎ができてなかったので、満足いくものにならなかった。その後、レッスンを繰り返して、二〇一一年に九曲を収録したアルバム『揺蕩い《たゆた》』を制作し、翌二〇一二年には『ひいふうみいよう』をリリースしてメジャーデビューしました。

アルバムの表題曲の『揺蕩い』は、小椋佳さんに作詞作曲してもらった歌です。二〇一一年に七十歳を迎えたとき、東京ではじめて大きなホールを借りて「古希リサイタル」を開きました。せっかくなのでオリジナルの歌をつくってほしいと思い、小椋さんにお願いしたのです。

小椋さんとは二十年以上前にCMでご一緒したことがあります。小椋さんは銀行員でありながらミュージシャンとしても活動していました。美空ひばりさんの『愛燦燦』も小椋さんの作詞作曲ですね。銀行を退職してから東大に入りなおし、大学院では「正義」について研究して修士号まで取得しています。そんな小椋さんですから、私は欲張ってあれこれ注文をしました。「恋愛よりも人間愛の歌がいいな。反戦歌のような社会性のあるものもいい。しみじみして元気の出る歌」。そんな無理難題に対して、小椋さんは優しく「がんばります」と言ってくれました。

できあがってきたのは、『揺蕩い』という神秘的なタイトル。早速聴いてみたら、思いっきり恋の歌でした。『揺蕩い』は次のような歌詞です。

こんな歳になって今更　恋するなんて
人生のまとめ老い支度　する時期なのに
我知らず　頬を緩めていたり
訳もなく　孤独を感じたり
揺蕩い　胸騒ぎ
あなたに　心惹かれて
それこそ生きている　証なのかしら

歌詞は「もっと恋せよ」という内容だったので、「私のことを知らないくせに。こっそり恋してるかもしれないじゃない」と思いましたが、よく読むと、これは高齢者への応援歌なんですね。あきらめず、最期までみずみずしく生きていきたいねって。難しくてなかなか思うように歌えなくて苦労しています。

東日本大震災のときには、歌手として慰問活動を行いました。あのころは日本全体が自粛ムードで、あらゆるイベントが中止になっていました。でも、避難所では音楽が被災者たちを慰めていると聞き、被災者支援をしているボランティア団体を通じて申し出たところ、「ぜひ来てほしい」と言われました。

震災から一ヶ月後の四月半ば、私はラジカセと伴奏入りのCDとマイクをもち、宮城県石巻市の避難所を訪れました。事前に「地味な服装で、化粧も控えめに」という説明を受けていましたが、これには迷いました。テレビで被災地を観ると、街の色がモノトーンになっています。こんなときは、華やかな衣装の方が被災者の気持ちを軽くできると考えたのです。ド派手な姿をしてみんなに笑ってもらおう、そう思ってピンクのドレスを持っていきました。

いざ舞台に立つと、あがってしまって声がうまく出ませんでしたが、みんな温かく迎えてくれました。客席からは私を励ますように「女は愛嬌」とか「もう一曲歌って」の声。『そこまで言って委員会』を見てる人もたくさん来ていて、いつもひとりで戦っている私に「あの人たちに負けないで」とエールをくれました。歌ったあとは、サインのための行列ができ、なかには「がんばってね」と千円をそっと握らせてくれた人もいます。なんだか私の方が元気をもらって帰ってきました。

シャンソンをはじめたばかりのころ、「二十年も歌えば身につく」と言われましたが、もう十八年目を迎えます。いまだに慣れないし、本番の前は緊張します。「もっと自分の歌に惚れろ」と言われますが、なかなかそれができない。でも、やるからには世間に出たいですよ。人からは笑われるかもしれないけど、歌手として認められたいと思っています。いつか『NHK紅白歌合戦』にも出られたらいいな……。そこで反戦歌を歌えたらな……。まだまだ夢は膨らみます。

「世の中にうまい歌手はごまんといるのだから、いい歌手を目指したら」と言われたことがあります。いい歌手とは、人に感動を与える歌手です。歌詞を忘れたり、リズムを外したりしたとしても、大切なのは人の心に響くこと。自分がどれくらいできているのか、歌の世界は奥が深いです。

歌も最後は好き嫌いだと言います。プロの音楽家でもそれぞれに基準がちがうし、絶対的な評価なんてない。聴いてくれる人たちに向けて、等身大の自分を差し出せばいいわけです。歌の先生からは、「どの歌を聞いても田嶋陽子の歌だと思われることを目指すように」と言われました。たしかに美空ひばりさんも北島三郎さんも、第一声ですぐ分かります。それが歌い手の個性なのでしょう。

では、田嶋陽子の歌にはどんな個性があるのか。まだまだ道は険しいです。

書アートとの出会い

六十代ではじめたシャンソンに加えて、七十歳から書アートをはじめました。書アートは「書道」ではなく、ラインアートとしての「書」です。

「書」の世界に興味をもったのは、軽井沢の冬の雪景色を見ていて、白と黒の世界にがぜん興味が湧いてきたことがきっかけです。この真っ白な雪を黒い墨で描いたらどうなるだろう、そう考え出すと心が躍りました。だから、字を上手に書きたかったわけではありません。

最初は書道を習おうとしたのですが、たまたま出会った先生から「一」という字を千回書くことが基本だと教わりました。日本の書道は徒弟制度ですから、先生の弟子になったら一生指導してもらって、一人前になるまでに二十年かかります。一人前になった時は九十歳で、生きているかどうかわかりません。しかも私はせっかちですから、「一」を千回も書いているうちに嫌になってしまいます。自分の人生の残り時間を考えると、とてもそんな時間はないと、途方に暮れてしまいました。

そんなときに、書家の岡本光平先生に出会いました。岡本先生はお手本の通りに書く書道を否定している方で、「上手な字を書こうとするな。人間力で書けばいい」と言います。私はその言葉のおかげで、縛られていた固定観念から自由になりました。これなら自分の世界がつくれるかもしれないと思い、先生の教室に通いはじめます。

久しぶりに筆をもつと、子ども時代を思い出しました。私は近所の書道塾に通わされて、お習字を習っていました。先生のお手本を見て書くだけでしたが、今から思うと、あのころは無心でしたね。今は、つい考えすぎてしまいます。七十歳をすぎて、もう一度あのころの無心な自己表現に戻りたいと思いました。そして、書アートであれば、それができるような気がしたのです。

書アートは、書を水彩や油絵と組み合わせて、いろいろな表現に挑戦します。字を書く道具は筆だけでなく、藁をはじめ、いろいろな物を使います。字も堅苦しいものではなく、踊っていたり喜んでいたり楽しんでいたり、ときには怒っている字があってもいい。書きながら、イメージを膨らませます。

私の作品は、ベニヤ板で書いた飛白体が特徴です。飛白体は弘法大師・空海が唐から日本に持ち帰ったと言われる書体で、刷毛筆を用いて、かすれが特徴です。フェルトに墨をつけて書いている人もいますが、私はベニヤ板を使っています。

ベニヤ板を細く切って墨をつけて書くと、良い具合にかすれが出ます。たまたま自宅を建ててもらっているとき、手近にあったベニヤ板を使ってみたところ、自分のイメージに近い作品ができて気に入りました。ベニヤ板は墨を含まないので、書きはじめてすぐに墨がなくなりますが、それが良いかすれを生んでくれます。大工さんにお願いして、いろいろな幅のベニヤ板をつくってもらい、字の大きさによって使い分けています。

今までベニヤ板で字を書いた人はいないでしょうから、ちょっとした自慢です。私は弘法大師より上手いと自分に言い聞かせながら書いています。そう思わないとやってられませんからね。

「風花《かざはな》」（写真掲載）はベニヤ板で書いた作品です。「風花」とは冬の晴れた日に、山の雪が風で舞うようにちらつく現象のことですが、軽井沢でその光景を見たときから、この雪を墨で表現したいと思っていました。

ベニヤ板で書いた飛白体が特徴的な「風花（かざはな）」（撮影・山下由紀子）

飛白体で英語を書くこともあります。「Women count. Count women's work」（写真掲載）は、私も参加した一九九五年の第四回世界女性会議（北京会議）で提唱された言葉で、墨でちょっと遊んで書いてみた感じですね。意味は「女性は価値がある。女性の労働をきちんと評価せよ」。女の家事や育児などの無償労働を男の仕事と同じく金銭に換算せよというメッセージです。

主婦の無償労働は、年収に換算すると約三百万円とされていますが、その対価は誰にも支払われていません。また、日本の無償労働はその八割を女性が行い、賃金に換算すると総額で約百兆円。その金額は日本のGDPの二五％に相当するのです。何という無駄なことをしているのでしょうか。すべての女性がキチンと働いて正当な報酬を得て、キチンと税金を納めるようになれば、日本の経済は確実に良くなると思います。

書アートは田嶋陽子という人間の表現ですから、手法にせよ言葉にせよ、誰もやらなそうなことを自分で工夫しながらやっています。でも、試行錯誤しながら一生懸命つくったものより、ふとした隙間にできたもののなかに自分がポロッと出ていることがあります。「今日はダメだ！　もう終わりにしよう」と思って、最後に何気なく書いたものがよかったりして。努力したものはダメになることもあります。周りから「あなたの作品は力強い」なんて言われると、どうしても意識してしまって、それが創作をダメにしていくのかもしれない。無心の状態になって、さらにその先へと突き抜けたとき、知らない自分に出会えます。

これまでとは全くちがう作品ができたときは、「私のなかにこんな世界があったんだ」とビックリするのです。歌はその心をお客さんに伝えたいからやってるけど、書アートは自分にビックリしたいからやっています。人が私の作品をどう評価するかは別にして、それが書アートの楽しみです。死ぬまでに自分のなかにあるものを洗いざらい出しきって、自分が驚くような世界に出会いたい。何をやってもビックリしなくなったとき、自分も終わりだなと思えばいい。私は未知の自分に対して貪欲なのかもしれません。

女性活躍への思いを込めた「Women count. Count women's work」（撮影・窪田正仁）

漢字のなかの女性差別

漢字の成り立ちを調べてみると、面白い発見がたくさんあります。たとえば、本来、「人」という字は、人がひとりで立っている姿を横から見たかたちです（白川静著『常用字解』平凡社）。だから、人と人とが支え合っているかたちだという説はデタラメ。日本では、夫婦のように二人でひとりが理想のように言われますが、それでは両方とも半人前ということでしょう。半人前だから自立していないし、別れたくても別れられない。人間の本来あるべき姿ではないように思います。ひとりでもちゃんと立てるようになるべきです。

私は昔、篆書《てんしょ》を習っていたことがあります。篆書は中国で秦以前から用いられていた書体で、今では印章などに使用されています。私は篆書も書アートの材料にしていますが、漢字の成り立ちについてはそのときから気になっています。

漢字の元祖は、今から三千三百年前に、殷で発明された表意文字です。それらを見ると、当時はすでに男社会が完璧にできあがっていて、女がいかに男の要求に従って生きてきたかがよく分かる。漢字には男社会の考え方が体系化されています。その状況は、日本の伝統的な男女関係とそっくり。中国由来の漢字を使っているせいで日本の女性解放は遅れていると言っても過言ではありません。

漢字には女偏や「女」が組み込まれた文字がたくさんあります。一方で、「男」は「甥」や「嬲」などわずかしかありません。それはつまり、女が部外者だから。男にとって女は支配の対象なのであり、そのような見方が漢字には如実に表れています。例えば、「母」は乳が二つ、「嬢」は胸のふっくらした女性、「姫」も乳が二つある身体的イメージを表しており、女はつねに子を産む母親になるための肉体的特徴を備えていることが期待されていました。「好」という字も女が子どもを抱いてるイメージで、そういう女が男にとって好ましいわけです。

当時の女の役割は、男たちの祖先の霊と家を守り、後継ぎの男子を産むことでした。だから、「嫁」は家を守る人。

「人」の金文（左）と篆文（右）

「婦」は女が箒をもち、夫の祖先が眠る廟のなかを祓い清めて、祖先の霊に仕えるという意味です。そして、長年仕えているうちに、女は霊力をもって厳《おごそ》かな存在になっていきます。「嫁」が「威厳」をもつわけですね。「威」という字には「女」が入っているでしょう。女が夫の家にしっかり仕えて役目を果たせば、男社会に認めてもらえたのです。

一方で、家からつまはじきにされた女は、悲惨な人生に追いやられます。女は手(又)で捕まえられて「奴」、つまり「奴隷」にされる。その「奴」の心が、今度は「怒」りになります。日本で「おめかけさん」の意味で使われた「妾」は、「立」と「女」が合わさった漢字ですが、「立」を下から針で突くと「辛」になり、これは刑罰のために入れ墨を彫る針のことです。だから「妾」は入れ墨を額に彫られ、神や男に犠牲として差し出された女を意味しているのです。

一見すると良い意味に思える漢字のなかにも、残酷な意味が込められていることがあります。「美」という字は、「羊」が台に乗せられて神に生贄として差し出されるという意味ですから、言い方を変えると、「美」は生贄になる条件なわけです。これほど怖い字はありません。

また、私たちは「民主主義」という言葉に「民」を使っていますが、漢文学者の白川静氏によると「民」は「目」を下から針で突かれた人を表しています。民は目をつぶっていろ、見るなという意味なのですね。同じく「大臣」の「臣」という字も、真ん中にある「目」を針で突かれています。参謀である大臣も、ものが見えると困るから、昔の中国の支配者は、側近の目を見えなくしたのです。そういったことが分かると、現代の政治の言葉に「民」や「臣」の漢字が相応しいのだろうかと考え込んでしまいます。

このように調べていくと、漢字ほど民主主義から遠いものはありません。だからといって使わないわけにはいかない。漢字で育ってきた私たちにとって、漢字は自らの精神になっています。だからこそ、漢字の成り立ちや意味を客観的に知ることが必要でしょう。

私は書アートでいくつもの「女」を書いていますが、「女」という字のかたち自体が男の前でひざまずいている人を表しています。でも、「女」は書き方によって、いろんな「女」になります。私は元気で気丈な「女」を書きたい。だから、弱々しい細い線ではなく、太くてたくましい線で書きます。女性はいつの時代も素晴らしい、女性が自由になれば本来の能力が発揮できて世界が豊かになるんだという思いを込めています。

漢字の成り立ちを変えることはできませんが、表現によって新しい意味をつくり出すことはできる。それこそが芸術の力だと信じています。

お金は評価と捉える

二〇一五年にはじめて、東京の表参道にある「コンセプト21」で書アートの個展を開きました。それから毎年一回開催するようになり、コロナ禍を理由に一回お休みしましたが、二〇二四年で九回目を迎えます。二〇二一年の第六回の個展では「バティックの世界――イギリスと日本で」と題して、私のバティック作品を見てもらいました。

バティック・アーティストとして活動していたノエル・ディレンフォースと出会うまで、私はバティックのことを何も知りませんでしたが、実際に作品をはじめて見たとき、「なんだ、日本のろうけつ染めじゃない」と思いました。ろうけつ染めとは、溶かしたろうを布にのせて染め上げる伝統的な技法です。日本では座布団カバーなどによく使われていますが、イギリスではアートの手段になっていました。座布団のような紺地に白といった散文的なデザインとちがって、アートとしてのバティックはすばらしかった。

バティックを習いはじめてから半年後に、生徒の作品展示会で私の作品が売れて、自分にもバティックの才能があるのかもと思いました。そのうち初級クラスで教えたり、短期講習会では助手を務めはじめました。そのころは、ノエルとの恋愛がいちばん楽しかった時期だったので、一時は私もバティック・アーティストを目指して、ロンドンに残ろうかと迷ったこともあります。でも、結局は、恋人でもバティックでもなく、研究の道を選びました。

帰国してから軽井沢に家を建てたとき、バティック用の部屋を設けましたが、すぐにテレビ出演で忙しくなって、作品づくりに取り組む時間はありませんでした。それが八十歳を機に、中軽井沢のキツネとタヌキにしか会えない家から引っ越したとき、荷物のなかから思いがけず、イギリスでつくった作品を見つけたのです。すっかり忘れていましたが、あらためて見てみるとなつかしかった。ちょうどコロナ禍のなかで、書アートに向き合う姿勢に迷いが生じていたときだったので、若いころの作品をよけいに新鮮に感じたのでしょう。今のようにあっけらかんとした作品ではありませんが、当時の複雑な思いが込められていて、様々な思い出がよみがえりました。せっかくなのでこれらの過去の作品と、新しくつくったバティックを一緒にして、個展に出しました。

新作のバティックは、京都の工房を借りて制作しました。そこでつくった作品「一《いち》」(写真掲載)が、二〇二三年に開かれた第五十一回新美展で新美大賞を受賞しました。書道の習いはじめでは先生から「一」を千回書きなさいと言われましたが、バティックでその「一」に挑戦したのです。京都へ行くまでに想念を高めて、一回きりでポーンと書く。私は書き直したり、継ぎ足したりしません。書道ではなくアートで

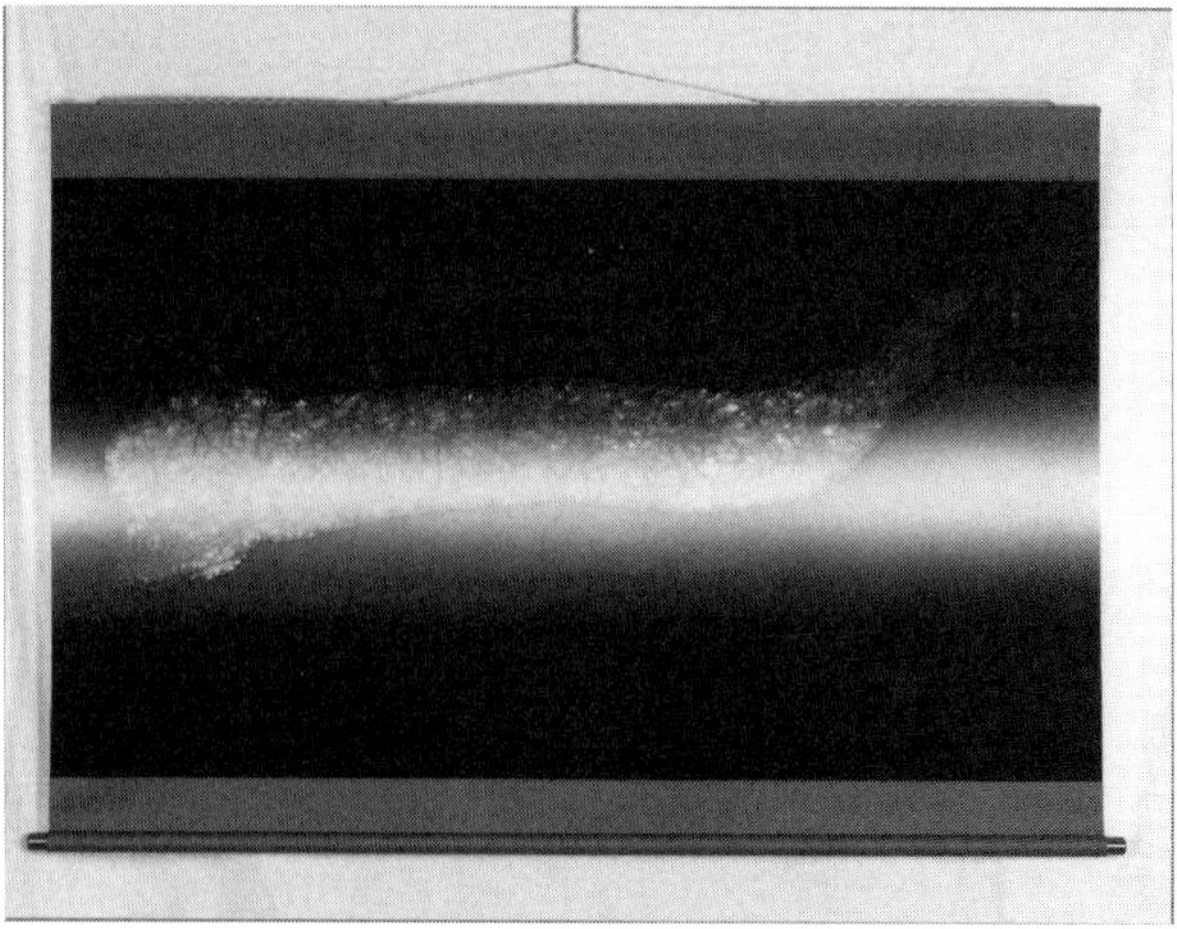

バティック作品の「一（いち）」は新美大賞を受賞（撮影・佐藤大史）

すから、集中して一気呵成に書いて、あとから言い訳しない。田嶋陽子の「一」はこうなんだよってことを表現できたかなと思います。

私の個展を見にきて、なかには気に入って買ってくれる人もいます。でも、掛け軸や額縁ひとつで何万円も経費がかかりますから、それらを差し引くとほとんど利益にはなりません。お金のことをいうといい顔されませんが、やっぱりお金は評価だから大事です。趣味でやっている人は「私のなんか」といって謙遜するけど、きちんと評価されることが大事だと思います。年を取ってから何かはじめた人は、町内会でもバザールでもいいから、つくったものは売れればいい。それが自分のプライドにもなるし、誇りにもなります。

私はとにかく作品が売れてくれるとうれしい。私が死んだとき、自分のところにあってもどうしようもないけれど、誰かが持っていてくれれば、作品が私より長く生きてくれるかもしれないからです。

女にも天才はいる

女の芸術家にはピカソやモーツァルト、シェイクスピアのような天才はいないと言われます。でも、歴史を振り返れば、女たちは家事と育児を一手に引き受け、自分の時間を家族のために使ってきたから、能力を発揮できなかっただけです。もし女にも十分な時間を与えられていたら、天才はいくらでも生まれていたでしょう。

中学や高校の同級生には、天才だと思った女の子たちがいました。すばらしい個性の絵を描く女の子、習字で文部大臣賞をもらった女の子、数学ができる女の子、そんなすごい子がごろごろいました。私は画家や書道家の夢を抱いたこともありましたが、その子たちを見て、自分にはとうてい無理だとあきらめたのです。

でも、その天才たちはその後、どんな道を歩んだのでしょう。みんな主婦になって子育てに追われ、わが子の受験のために必死になっていました。自分のことではなく、人を育てることに一喜一憂していたのです。彼女たちは絵も書道も数学も捨ててしまいました。本当に悔しい。私はあのキラキラした才能を見てあきらめたのに。あの才能をもっと世のなかで生かしてほしかった。

大学院に進んでからも同じでした。学生結婚した人たちをみると、男性はそのまま研究を続けて、本を何冊も書きますが、女性は家事と育児を引き受けさせられるので、どんなに努力しても業績は少なくなってしまいます。男性は教授になっていくのに、女性は非常勤講師のまま。男性と女性は、最初は同じ出発点にいるのに、結婚したら女性は家での役割を押しつけられるために、結果は不公平になります。

女性が才能を発揮できないのは、時間を奪われるからです。家事は時間を細切りにしますから、集中力が持続しません。仕事を途中で中断すると、集中力を取り戻すまでに時間がかかります。とくに創作活動は休みなくぶっ続けですることも必要でしょう。男性であれば結婚していても、仕事で徹夜したり、飲まず食わずのまま何日も没頭したりすることがあります。でも、家族がいる女性には、そういう贅沢な時間の使い方ができません。

高村光太郎が書いた『智恵子抄』は、亡き妻の智恵子を描いた「愛の詩集」と言われていますが、それは男の見方です。女の側からみれば、むしろ智恵子の地獄の苦しみが読み取れます。二人が結婚したあとも、光太郎は詩を書き、彫刻をつくりました。一方、智恵子は家事に追われ、好きな油絵に没頭する時間を失います。智恵子は細切れの時間のなかで機織りをしますが、創作への意欲は抑え込まれていきました。智恵子はついに精神を病み、施設に入りそこではじめて女の役割から解放され、かろうじて切り絵で自己表現をしました。たしかにその切り絵はすばらしい作品です。でも、本当は油絵で目一杯自分を表現したかったのに、できなかった。智恵子の才能は結婚したために潰されてしまいました。

じつは女のピカソはいた。女のモーツァルトもいた。女のシェイクスピアもいた。

女にも天才はいたのです。そう言えば、実際、カミーユ・クローデルという女のロダンもいたのです。構造としての女性差別があったために、彼女たちはひっそりと消えていきました（カミーユ・クローデルは死後評価され、その作品は国立西洋美術館にも収蔵されている）。

今は先端分野の仕事でも、女性がどんどん力を発揮するようになってきました。例えば、昔は芥川賞や直木賞と言えば、男の牙城でしたが、最近では候補者をみると女性の方が多いことが珍しくありません。女も男と比べて十分に能力があることを証明してくれました。今後も、もっともっといろいろな分野で女性の天才がでてきてくれるでしょう。

何歳からでも人生は輝く

シャンソンと書アートに加え、八十歳をすぎてからはダンスを再開しました。ダンスは今から二十年ほど前に、ウッチャンナンチャンの『ウリナリ芸能人社交ダンス部』という番組に引っ張り出されて以来でした。あの番組ではプロの先生が創作したモダンダンスを踊りましたが、私はダンスのことなんて全然知らなくて、ステップひとつろくに踏めません。しかもレッスン期間が十日あまりしかない。先生はこっちに基礎能力がないと分かっていますから、背中をそっくり返すような派手な見せ所だけを教えてくれました。

あのとき、自分の姿を鏡で見たらお腹が出ちゃってて、がんばって五キロ痩せましたが、あとからお医者さんに「急に痩せると糖尿病になるからダメだ」って怒られてしまいましたね。ダンスの競技では最初ビリでしたけど、共演者の勝俣州和さんが「先生を女にしてやる」と言って一緒にペアを組みました。ペアでは予選を無事に通過し、武道館で踊れてうれしかったですね。

その後、軽井沢のリサイタルで何度かワルツやタンゴを踊りましたが、ダンスはそれっきりになっていました。そしたら、引っ越した軽井沢の家の目の前にダンスの先生がいて、誘われてまたはじめることになりました。参加している人は同年代の女の人ばかりで、私が「わが・ままの会」と名づけました。毎週一時間のレッスンがあるけれど、いつ休んでもいい。だから「わが・ままの会」です。

とはいえ、目標がないとなかなか上達しませんから、最近はコンサートでも踊ることにしています。先日の三越劇場のコンサートでも、歌手の野田孝幸さんとワルツを一曲披露しました。今年（二〇二四年）はタンゴです。

人には可能性がいくらでもあります。たしかに年をとると体力が衰えてきたり、ものの名前が思い出せなくなったりと、足し算だった人生が引き算になってきました。でもその一方で、新しく勉強したり、教わったりしたことはちゃんと身についています。何歳になっても学ぶことで少しずつ成長する自分がいるのです。学ぶことで明日が少しでも豊かになればいいのです。

何ごとも年齢制限はありません。思い立ったが吉日ですよ。日本人はすぐ年齢を気にして、「今さらはじめても遅い」などと言いますが、そんなことはありません。アメリカにグランマ・モーゼスという画家がいました。農家に生まれ、主婦として人生の大半を過ごしてきた彼女は、七十五歳から本格的に絵を描きはじめます。自然や農村の暮らしを描いた作品は多くの人を惹きつけ、アメリカの国民的画家として親しまれました。彼女は百一歳で亡くなるまで描き続け、千六百点以上の作品を残していま す。だから、けっしてあきらめてはいけません。

女の人はずっと「小さく小さく女になあれ」と育てられてきましたから、自分に自信がもてないのでしょう。なかなか一歩を踏み出せない人が多い。でも、自分を解放したら何でもできます。私は四十六歳のときに自己解放ができたから、いろいろな表現に挑戦できているのだと思う。自分を解放してないと表現ほどつまらないものはないですから。これはフェミニズムにも言えることです。誰かの言葉をこねくりまわしているだけではダメで、やはり自分の魂から出てくる言葉でなければ自由になれませんし、また相手に伝わりません。

とくに性別役割分業に縛られていた日本の女性たちは、六十代から花開くと思う。シングルの人は定年を迎えて仕事が一段落するでしょうし、離婚や死別を経験した人は夫から解放されたわけでしょう。シャンソンを習っている人のなかには、夫を亡くしてから、「やっと自分の好きなことができる」と教室に通いはじめた人もいます。せっかく自由になったのだから、誰にも気がねなく、したいことを思い切りやって、自分の人生を生きればいい。これから第二、第三の人生がいくらでも待っています。

たとえ仲良し夫婦であっても、夫が定年を迎えたのなら、当然、妻の主婦業も「定年」です。それからの家事は半分ずつ分担すべきでしょう。私は定年退職した男には、せめて料理は習いに行きなさいと言っています。夫が毎日家にいるからといって、妻に朝昼晩と料理をつくらせるのは残酷です。夫と妻が交替で台所に立つようになれば、不公平感がなくなって、夫婦仲も良くなるかもしれません。そして、妻は自由な時間でやりたいことをやるのです。

せっかく自由に生きられるようになっても、「いい年だからもう無理」とあきらめるのはもったいない。時間の使い方次第で、人生はいくらでも輝きます。「もったいない」は、人生にこそ使ってほしい言葉です。

第四章　シニアハウスという現在地

「死に場所」を見つけた

二〇二三年四月に都内のシニアハウスに入りました。自分の死に場所が見つかって、今はホッとしています。

二〇〇二年に法政大学で同僚だった駒尺喜美さんたちと一緒に「友だち村」というシニアハウスを中伊豆につくりました。コンセプトは生涯現役で、個を大切にしながら仲間と助け合える場所。ところが私は六十代だったのと、仕事が忙しくて中伊豆に通いきれなくなったのとで、入居してすぐ退去せざるをえませんでした。友だち村は今もちゃんと存続していて、みなさん楽しく暮らしています。

私たちの若いころ、いわゆる老人ホームのイメージは、姥捨て山みたいなものでした。自分が入るなんて夢にも思っていなかった。でも、今はみんなが老人ホームを良いものにしようと必死になっていて、設備や環境がどんどん良くなっていますよね。老いた親たちは事あるごとに「子どもたちに迷惑かけたくない」と言っているんでしょう。だったら、さっさと老人ホームに入ってしまえばいいのです。

私は四十五歳のときに軽井沢にセカンドハウスを建ててから、都心と軽井沢の二拠点生活を続けてきました。軽井沢は、疎開先の母の実家があった新潟や留学先のイギリスに似た雰囲気があって、とても気に入っています。田んぼのあぜ道に立って景色を眺めると、おにぎり山が二つ並んでいるのが見えます。日によっては雲がかかっていたり、霧でまったく見えなくなったり、自然はものすごくドラマティック。毎日見ていても飽きません。テレビのバラエティ番組に呼ばれて忙しくなってからも、週末には必ず軽井沢に帰り、ボロボロになった心を癒していました。軽井沢の美しい森や野生動物に慰められたおかげで、あの苦しかった時代を生き延びられたと思います。

でも、年をとって軽井沢で動けなくなったらどうしようとは思っていました。福祉の面が心配でしたし、老人ホームも多くはありません。私が親しくしていた近所の九十歳過ぎの友だちも、軽井沢を離れてとなり町の施設に入りました。

そしたら、たまたま二〇二二年の秋、一緒に仕事をしたピアニストの方から、九十歳のお弟子さんが東京のシニアハウスからその方の音楽教室に通ってきているという話を聞きました。その人はシニアハウスからゴルフにも行ったりしているそうです。

なんと、偶然とはいえ、そこはお世話になった津田塾大学の学長が九十九歳で亡くなるまで暮らした場所で、私も何度かお見舞いに行ったことがありました。そのとき、「そうか、ここに入れば安心して死ねるんだ」と思ったのです。それにちょっと前、女優の有馬稲子さんが老人ホームから仕事に行くという話を読んで、「それいいな」と思っていました。

自分のなかで、いろいろなことが全部つながりました。シニアハウスに入れば、死に水を取ってもらえるし、そこを事務所にすれば仕事ができる。そう思ったら、もう迷いはありません。即決でした。すぐに、銀座にもっていた事務所兼自宅を売りに出したら、不動産屋さんが高く売ってくれて、そのお金をもとに入居が決まりました。

そのシニアハウスに入る一年前に、軽井沢の家も引っ越しました。三十五年間、軽井沢の千ヶ滝という標高一二〇〇メートルのところで暮らしてきたのですが、そこは山のなかですから、散歩に行ってもサルとキツネとタヌキしか出ません。あるとき散歩に出たら、うちの屋根の上で日なたぼっこをしていたサルの一家が私のうしろをずっとついてきたことがありました。何かされるんじゃないかと怖くなったので、立ち止まってふり向いて、大きな声で『愛の讃歌』を歌ったら、それっきりついてこなくなりました。

そんな人里離れた場所が私の性に合っていたのですが、ある日、電話で言葉が出ないことがありました。「まずい！　このままボケたらどうしよう」。そう思ってすぐに、山を下りる決意をしたのです。八十歳で平地の人も多い別荘地に移ってきました。私が死んだ後、そこは母校の津田塾大学に引き取ってもらって、セミナーハウスみたいに使ってもらえたらいいなと思って、そういう話をしたところです。

私は「老後」や「引退」なんていっさい考えたことはありません。でも、死ぬまでの生活拠点が固まったので、これからも仕事や活動を続けて最後の一滴までエネルギーを使いきるつもりです。

シニアハウスとの二拠点生活

シニアハウスに入居してから一年以上が経ちましたが、自分の選択は間違ってなかったと思います。部屋は2LDKでこぢんまりとしていて、必要最小限のスペースしかありませんが、共用の部分が大きくて気分爽快です。施設内のレストランでは、入居されている男の人も女の人も身ギレイに整えて、楽しく会話しながら食事をしています。ほかにも娯楽室やプール、大浴場、フィットネスルームなどがあって、歌やダンス、麻雀、ビリヤードなどいろいろ楽しむことができる。館内にクリニックがあり、美容師、理髪師も週数回来てくれます。低層階は介護病棟になっていて、ケアが必要な人たちが入っています。

ここにいると、自分がこれからどのように年をとっていくかが分かります。周りを見ていると、ああなったらいいなとか、ああはなりたくないなって。エレベーターで一緒になった元気なおばあさんが、あとで聞いたら百歳でした。ここには百歳の人が十人もいるそうです。私もなるべく自立していたいですが、いざとなったら介護病棟に移ることになるでしょう。最期は、そこで看取ってもらおうと思っています。安心して死ねるというのはつまり、死後の処置、処理を全部まかせられるということ。ひとり者の私にとっては一番大事なことです。

東京と軽井沢の二拠点生活は以前と変わりませんが、今は気持ちがずっと楽になりました。原稿を書いたり作品をつくったり歌の練習をしたりするのは軽井沢。仕事があるときは東京に出て来て、シニアハウスに泊まって準備します。次の日、講演に行ったり、シャンソンを歌いに行ったり、友人と食事をしたり。『そこまで言って委員会NP』の収録があるときは、そこから大阪へ。だから、歌うときのドレスや、テレビや講演に必要な衣装はすべてシニアハウスに置いてあります。私にとってシニアハウスは老後の生活を送る場所というより、今はサテライトオフィスのような生活拠点のひとつです。

朝は目が覚めると、散歩とラジオ体操が日課。軽井沢では毎日五時すぎに起きると、むしょうに自転車にのりたくなります。いつも十分ほど歩いて（少ない！）、そのあと自転車で二十分ほど田んぼ道を走ります。帰ってきてからテレビを見ながらラジオ体操をしています。軽井沢で歩いていると、犬の散歩をしている人と仲良くなります。犬友だちですね。犬の名前を聞いてもなかなか覚えられないから、メモするようにしています。その犬友だちは書アートの個展やコンサートに来てくれたりします。

東京のシニアハウスでは、近くの川のほとりを歩いて、途中にある神社に立ち寄ってお参りしたりしています。軽井沢の人とちがって都会の人は挨拶をしてもなかなか返事をしてくれませんね。東京は高層ビルやマンションがずらっと林のように立ち並んでいて、緑しかない軽井沢の風景とは大違いです。でも、一週間のうちに田舎と都会をどちらも体験できるのは、考えようによっては幸せなことかもしれません。

シニアハウスでは、入居されている方々と、とてもいい関係を築けています。三越劇場のコンサートの前は、シニアハウスのスペースを借りて先生を呼んで、社交ダンスの練習をしていました。ここでの友人たちも習いに来てくれて、なかには九十四歳の女性もいます。その方たちは私のライブにも来てくれて、うれしかったです。男性たちも親切です。なかには奥さんに逃げられた人もいて、女の自立をずっと主張してきた私を恨んだことがあるかもしれないけれど、さすがにもう吹っ切れているみたい。

食事のときにお酒を飲みながら、お話しすることもあります。自分でワインボトルを持ち込んでいる人もいます。私はせいぜいビールと日本酒。じっくり話を聞くと、それぞれの人生にいろんなドラマがあります。私のように、ここを拠点にいくつもの会社の取締役をしている人もいれば、家族のご飯の用意からようやく解放されて、ひとりの食事を楽しんでいる女の人もいる。無口に見える人でも、話し出したらこちらがビックリするくらいよくしゃべってくれます。

高齢者にとっては、自分がかつて社会で活躍したことを人から忘れられるのは一番寂しいでしょう。その人がどういう人だったのかを周りが知らないわけです。だから、自分史を書いて、それをドラマにするなど、自分が生きた軌跡を知ってもらえる機会をつくってあげるといい。その人の背後の人生を知ると、話も弾みます。シニアハウスが企画してもいいし、これから世の中にはもっと高齢者が増えていくわけですから、自分史を周りと共有できるような企画をするところが出てきたらいいと思います。

自分の家がほしかった

二十世紀前半に活躍したイギリスの小説家、ヴァージニア・ウルフが書いた『自分だけの部屋』は、フェミニズムの古典として長く読み継がれてきました。このなかに有名な次の一節があります。

「女が小説や詩を書くためには、年収五百ポンドと鍵のかかる自分だけの部屋がいる」

この言葉に込められたメッセージは、フェミニズムにとってとても重要です。つまり、女が自分の人生を生きるためには、「自分だけの」時間と空間と資金が必要だということです。

家父長制のなかでは、女三界に家なしと言われました。生まれた家は長男が継ぎ、結婚して住む家は夫名義ですから。女が安住できる場所はどこにもありません。つねに誰かに頼らなければならない状況では、自分自身で人生の選択ができない。女の人が自分の家をもつことは、女性解放のための重要な一歩です。

私は物心ついたときから、自分のスペースへのこだわりをもっていました。親に干渉されずに、思いきり好きな本が読める空間がほしかった。最初に「私の部屋」をもったのは十一、二歳のころ、父が押し入れを壊して二畳ほどのスペースをつくってくれました。「部屋」というよりもちょっとした「コーナー」のようなものです。それでも私はうれしくて有頂天になって、小さな空間の壁一面を自分で描いたマンガや水彩画などで飾りました。

中学生からは、屋根裏にある小部屋が私の部屋になりました。そのころの私は、家の間取りを描くのが大好きでした。理想の間取りを思い描いていると、時間があっという間に過ぎていきました。すでに、いつか自分の家を建てることを意識していたのでしょう。

大学に入学すると、学生寮に入りました。最初の一、二年生のころは四人部屋でしたが、三年生で寮長になると二人部屋に入れました。仲の良い同級生との二人暮らしなのでワクワクしていたのですが、だんだんギクシャクしてきます。どんなに気が合っても、自分を確立していない者同士では、お互いに我慢して気持ちを伝えることができないのですね。次第によそよそしくなり、その後、私は寮を出て下宿生活をはじめました。そのとき、ふっと思ったものです。自分は結婚生活はできないかもしれない、と。と同時に、良い人間関係を築くためにも、自分のスペースの必要性を痛感したのです。

ただ、二十代の私が「家がほしい」と言うと、親も友人も恋人もいっせいに反対しました。「この先どうなるか分からない」とか「そんな大それたことは女のすることじゃない」って。それでも、やっぱり自分の家がほしいという気持ちは揺るがなかった。家は天国に持っていけるものじゃないから、一生賃貸でいいという人もいるでしょう。でも、私は生きている間、誰にも追い出されない絶対不可侵の場所がほしかった。たとえ贅沢だと批判されようとも、自分ひとりのスペースが必要でした。

初めて家を買ったのは三十四歳のとき。就職してからコツコツと頭金を貯めて、東京の立川市に一軒家を買いました。専任の法政大学には遠かったけれど、非常勤講師で教えていた津田塾大学には多摩川沿いに自転車で行けました。

建売住宅でしたが、まだ建つ前だったので間取りを自由に決められると言われ、中学生のときの夢が叶うと思ったのです。でも、銀行にローンを組みに行ったら、「ジョキョウジュ？　ああ、女の教授ね」と笑われて、「女に金は貸さない」と融資を断られました。今から五十年前のことです。不動産屋が何とかほかの銀行を探してくれてお金を借りられましたが、すごく悔しい思いをしました。

家の間取りに関しても、夢の実現とはいきませんでした。最初は吹き抜けにして家全体をワンルームにしようと考えたのですが、それだと転売できなくなると忠告され、最終的には3LDKで四人家族向けの標準的な間取りに落ち着きました。「もし結婚したら」「もし子どもを産んだら」などと、これからの人生の可能性について考えてしまい、間取りを主体的に決められなかったのです。でも、実際に住んでみると、やっぱり住み心地は良くありません。自分の生き方が定まっていなかったから、家の間取りも個性のないものになってしまいました。

その後、イギリス留学やノエルとの恋愛を経て、自分が本当は何を求めていたのかに気づきます。それは、疎開で幼少期を過ごした新潟の自然でした。イギリスにいたときも、馥郁《ふくいく》とした自然に囲まれていると、なつかしくて幸福感に満たされました。母の実家があった場所は過疎地になっていたので、新潟に家を建てることは叶いませんでしたが、代わりに選んだのが軽井沢です。

軽井沢は若いころから、テニスやゼミの合宿などでよく来ていました。実はそのとき、友人に勧められて斜面の小さな土地を買っていたのです。まだ値上がりする前だったので、今では考えられないくらい安かった。四十六歳のとき、その土地に一軒家を建てます。今度こそ、とばかり自分の思うがままに間取りを描きました。斜面に建てたその家は、「借景」ができるように窓を大きく切り、天井は吹き抜け、広々とした二十畳のリビングルームをつくりました。リビングに座っていると、まるで森のなかにいるような気持ちになりました。

テレビに出るようになってからは、毎週末にその家で全身の神経をほぐしていました。軽井沢の家に着いて木の香りを嗅ぐと、まるで肩からハンガーを抜かれた洋服みたいにリラックスします。周囲の雑踏も聞こえてきません。それ以来、軽井沢はインプット、東京はアウトプットの場所として使い分けてきました。

一方、東京の住まいは、仕事の都合に合わせて場所を変えていきました。イギリス留学から帰国したとき、NHKの『英語会話II』の仕事があったので、少しでも都心に近くと思っていたところ、たまたま国分寺に分譲マンションの建設予定があると知り、立川の家を売ってそちらに移りました。3LDKの仕切りを取り払って2LDKにしてもらい、立川よりは明るくて居心地の良い空間になりました。『TVタック

軽井沢の豊かな自然の中を歩く

ル』に出演するようになると、都心に近い千駄ヶ谷に移り、その後は、法政大学にもテレビ朝日にも近い四谷に事務所兼住居を構えました。

今から考えると、七十歳を過ぎたらすぐにシニアハウスへ入ればよかったのですが、そのころはまだ将来のことまで頭が回らず、しばらく十年ほど銀座の三丁目、二丁目あたりを転々として、最後に今のシニアハウスに入居したというわけです。

私の家の変遷は、私が自立していく歴史でもありますね。親元を離れてから、自分のスペースを探し求めて彷徨《さまよ》ってきました。老いと死の問題がなかなか自分ごととしてピンときていなかったので、ずいぶんと寄り道もして、時間がかかってしまいました。でも、今は自分に必要な時間と空間が分かっていますから、迷いはありません。

死も自分でデザインしたい

母からようやく解放されたのが四十六歳のとき。私はその倍の九十二歳まで生きると決めたから、残されているのはあと九年です。毎年一段ずつ、死への階段をのぼっていくような感じです。

私は四十六歳で自分を取り戻してから、死が怖くなくなりました。でも、自分がよくわからなかったころは、死ぬのが本当に怖かった。それは自分の人生を生きているという実感をもてなかったからでしょう。生き方と死に方はつながっていますから、自分の生き方に納得できていないと、死が怖くて仕方ないのです。

私は仏教徒でもクリスチャンでもありませんが、死についてはずっと考えてきました。幼いころ、死後の世界を具体的にイメージする体験をしています。十歳のころに猩紅熱《しょうこうねつ》にかかり、死にそうになったときのことでした。亡くなったおばが天女の姿で牛車に乗って現れ、「陽子ちゃん、こっちにおいで」と手招きしてくるのです。私がそっちへ行こうとすると、両親やお医者さんが「陽子！」「陽子ちゃん！」と叫ぶ声が聞こえ、目を覚ましました。当時は臨死体験だと思い、友だちに「あたしは一度死んで生き返ったの」と自慢していました。今ではそんなことがあり得ないと分かります。あの体験は夢でしかないのでしょうが、それでも強烈な印象として残っています。

私の子ども時代は父が戦争に行ったり、母が病気になったりで、死を身近に感じていました。親のしつけが厳しすぎて、自殺願望もありましたしね。小学校四年生のとき、友だちと一緒になって、線路の枕木に頭をのせて横たわりました。しばらくするとレールから電車の振動が伝わってきます。その音が大きくなると、いっせいに転がって線路から離れました。それを何度も繰り返すのです。そうやって死の恐怖がどんなものか知ろうとしていたのかもしれません。やがて友だちが帰ってしまってからも、私はひとり残って続けました。恐怖を自分なりに納得したかったのか、恐怖に慣れようとしていたのか、今となっては分かりません。

昔は宗教があったから、人々は死を具体的にイメージすることができました。死んだら天国や地獄へ行くのであれば、生の延長線上に死を考えることができる。そのおかげで、人は死後の世界にも夢をもてたわけです。「一生懸命生きていれば、天国に行ける」と思えば生き延びられるし、臨終間近の人に「あなたはこれから天国ですよ」と慰めることができるでしょう。その点は、昔の人が賢かったと思います。

でも、現代のように科学が発達すると、そんなものは信じられません。死んだ後は「無」でしかない。私たちは「無」に向かって生きていくしかないわけです。それはつまり、死によって自分がなくなることですから、自分を生ききれていないと、死がとにかく怖い。私もそうでした。

自分がどんな人生を送りたいかが分かれば、それにあわせて死も人生設計のなかに組み込めるようになります。私は自分の死を自分でデザインしたいんです。これまで人生を自分で選択しながら生きてきたんだから、死に方も自分で選択させてほしい。死は自然に任せるという考え方もあるでしょうが、自分の人生はこれまでのように自分でケリをつけたい。それが私の率直な思いです。

今は寿命なんてあってないようなもの。最先端の医療によって、寝たきりのままで何年も生かしておくことができる。もはや神が人間の寿命を決めるというより、人間が人間の寿命を決めています。だったら、どう死ぬかも自分で自由にさせてほしい。あくまでも自分で主体的に決めたいのです。日本では安楽死が認められていませんが、もっと社会が関心をもって議論すべきです。もちろん、悪用される危険性もありますから、濫用を防止する法律をつくって、つねに検証できるチェック機能もなければなりません。そうやって知恵を絞れば、実現できないことではないと思います。

今の私は、毎日が死んで生きての繰り返しのように感じています。一日よく働いて、夜にお酒を飲んでベッドに入ると、「このまま目があかずに死んじゃうかもしれない。それでもいいか」と思いながら眠りにつきます。そして朝になって目が覚めると、「ああ、今日も生きてるな」と思うわけです。毎日が生まれ変わって、新しい一日がはじまる。そうやって死と再生を繰り返しながら、いつの日にか目の覚めない朝がやってくる。これが「健康」な死に方のような気がしています。

私はまだまだやりたいことがありますから、未練を残したまま死にたくありません。

だから、病気で死ぬとすれば、ちゃんと告知を受けて、残りの時間で自分が納得できるように目一杯生きたい。不慮の事故の場合はどうしようもありませんが、それでも日々を充実して生きていれば、多少は後悔を残さなくて済むと思います。

いつかベッドで眠ったまま、本当に目があかずに死んでしまうかもしれない。だから、死は夢を忘れた熟睡のようなもの。めいっぱい生きて、くたびれたまま夜眠るようにして死んでいきたい。そうやって命を使い切って死ぬことこそ大往生と言えるでしょう。

お墓はカンベン

私は死んでもお墓なんていりません。田嶋家のお墓には父も母も入っていますが、自分は入ろうとは思いません。冷え性ですから、あんなに狭くて冷たい石のお墓に閉じ込められるのは、まっぴらごめんです。

私の理想は遺体をくるんでもらって、そのまま海に放り込んでもらうこと。以前インドネシアのバリ島でシュノーケリングをしたとき、海の底がとてもきれいで、静かでした。魚たちもきれいで、泳ぎ回ってる姿を見ているだけで、あっという間に時間が過ぎていきます。生きてる間にさんざん魚のお世話になったわけですから、死んだら魚たちにお返しがしたい。魚たちに遺体をチュンチュンつついて食べてもらって、「ああ、くすぐったい」と思いながら朽ちていけたら最高です。

それが無理なら、せめて焼け残った骨や灰を海にまいてほしい。近ごろは海に散骨してもらうことがニュースになりますが、あれは一部だけをまいているのでしょう。私は全部まいてほしい。その夢が実現するか分かりませんが、少なくとも自分が死んだらこうしてほしいということを言い残しておかないといけませんね。

私がお墓を嫌うのは、お墓が家と切り離せないものだからです。お墓を守るといっても、結局は男系の家を守るためのもの。「〇〇家代々の墓」というのがまさに家意識を反映しています。先祖をまつるといっても結局は男ばかり。女は嫁として男の家に取り込まれてしまいます。フェミニズムの立場から見ると、日本の墓は家父長制の象徴なのです。

にもかかわらず、いつもお墓を掃除したり、お花を供えたりしているのは女です。ここでも男たちのお墓を守るために、女が奉仕させられている。死んだ後にまで、女が男たちに縛られることはないのです。

私は先祖に感謝する気持ちまで否定するつもりはありません。私のなかにも、祖父や祖母をはじめとして自分の命につながる人々に「ありがとう」と思う気持ちがあります。また、自分の先祖はどんな人だったのだろうと関心を持ったこともありました。でも、お墓というかたちだけが、先祖を大切にすることにはならないと考えているのです。

私はお墓参りをしませんが、部屋には父と母の写真を飾っています。そして毎日、その写真に向かって話しかけています。年に一回、お墓参りをしてお花を供えることだけが供養の仕方ではないと思う。お墓に行きたい人は行けばいいでしょうが、それは強制されるべきものではありません。死んだ人とは、人それぞれのつき合い方があるはずです。お墓でなくても、その人を偲ぶものが指輪ひとつ、着物の切れ端ひとつあればいい。何だったら物に頼らなくてもいい。

私は三回忌や七回忌のような法事も嫌いです。あれは、亡くなった人を忘れないようにするための儀式でしょう。本当に大切な人のことは忘れないはずですから、そもそも必要ありません。

今はお墓が必ずしも馴染みのある場所にあるとはかぎらない。自分たちが暮らしている街から遠く離れたところにあるケースもあります。だからといって、近所に新しいお墓を建てようとすれば、それだけでたくさんのお金がかかります。死んだ後も誰かがお墓の世話をしなければなりません。はたして、そこまでしてお墓にこだわらなければならないのか、私は疑問を感じます。

たとえお墓をつくるにしても、家単位である必要はないでしょう。個人個人のお墓があってもいいし、家族でなくても親しい人と一緒に入るお墓があってもいい。石のお墓をやめて、遺骨を入れたペンダントをつくってもいい。家の思想から離れたら、お墓をもっと自由に発想できるはずです。

日本人がお墓にこだわるのは、個として自立していないからかもしれません。家の呪縛から解放され、それぞれが個として成熟すれば、死後の対処についても個を中心とした考え方に変わってくるでしょう。葬儀もお墓ももっと自由に。死んだ後のことも、私たちは主体的に選べるようになればいいと思っています。

自立すれば孤独を感じない

世間は老後をひとりで生きるのは寂しいという先入観をもっています。ひとり暮らしの老人がひっそり死んでいると、新聞やテレビが「孤独死」と呼んで、ひとり寂しく死んでいったと大げさに報道するでしょう。でも、その老人が毎日をどんな気持ちで暮らしていたかなんて、本当は誰も知らないわけです。それに後始末をする人は大変かもしれませんが、死んだ人が何を思っていたか知りようがありません。ひとり暮らしイコール寂しいという思い込みは断ち切るべきですよ。

私もこれまで何度も「ひとりで寂しいでしょう」とか「子どもがいないと老後が不安でしょう」と言われてきました。私が「ひとりでも寂しくない」と言っても、「あなたは強いから」と言い返されます。ひとりで生きる女に対して、日本の社会は寂しいと決めてかかっているのです。

男たちは、ひとりでも平気で生きていける女が嫌いなんですね。だから冷たい目を向ける。彼らはつねに男に恋している女が好きなんです。「結婚はしたくない」とか「子どもはいらない」ということを言う女は許せない。ましてや、女が「ひとりでいる方が楽しい」なんて言ったら、「男にモテない僻《ひが》みだ」とか「負け惜しみだ」といった言葉を浴びせるでしょう。女の方もそうした男の価値観を内面化しているから、どうしてもひとりでいることに劣等感を抱いてしまいます。

人は誰かとペアにならないといけないという固定観念は、早く捨ててしまいましょう。ひとりひとりが自分の足で立つべきだし、ひとりで成り立つ社会に日本もならなければいけません。家族単位の戸籍をよして個人単位にすべきです。そうしなければ、男も女もいい関係を築けないですよ。

そもそも人間は生きるのも死ぬのもひとりです。誰もが絶対的な孤独を抱えている。私はひとりで寂しいという感情がいっさいありませんが、「自分」という人間が確立するまでは孤独を感じていました。今はひとりでせいせいしています。もちろん、身近な人が亡くなったときに寂しいと感じることはあります。ほかにも、恋が終わったときや、友達と「さよなら」したときも寂しい。でも、昔のように自立していなかったころに感じた身をかまれるような孤独は感じませんね。すぐに立ち直る自分がいます。

人は互いに助け合って生きるものですが、それぞれが自立していないと、助け合いがもたれ合いになる。そういう人ほど寂しがり屋になって、心の穴を埋めるために、周囲の人を取り込もうとします。人に期待しすぎたり、依存したりするために、争いや憎しみが生まれ、それが災いの元になる。本当の友情は、自立した人同士でなければ結べないと思います。「助けて」と言えるのは弱い人ではありません。自立しているからこそ、いざというときに助けを求めることができるのです。

友人との関係は、お互いの環境によって変わりますよね。ただの知り合いになったり、より深い関係になったり。私もこの年になると、昔の友人は離れたところにいるから、助け合うことはできません。たまに会って元気な顔を見られたら御の字です。それぞれ自立して自分の生活圏をもっていますから、友人に今でもたまに会って飲んで「楽しかったね」というのはありますが、つかず離れずの関係です。その一方で、近所の人とはみんな友だちになって、何かあったら助け合ったり食事に行ったりしていますが、それでもつかず離れずの関係です。

ほかのシニアハウスの話を聞くと、寂しいと嘆いてばかりいる人には誰も寄りつかず、自立して生きている人の周りには、人の輪ができるそうです。やはり人と関係性を結ぼうと思うなら、精神的に自立することが必要なのです。自立することと孤立することは違います。

新聞やテレビは、年をとってからひとりで生き生きと暮らしている人のモデルをもっともっと紹介してほしい。取り上げるのは、いつも家族一緒に仲良く暮らしている人たちが中心。孤独すなわち独り居を楽しんでいる人たちにはなかなかスポットがあたりません。そのせいで、孤独を楽しむことが悪いもののように感じ、世間をはばかって自分から言えなくなっている人もいるかもしれません。

私はひとりでもこんなに楽しいんだってことを伝えたい。みんなもっと堂々とひとりで生きたらいいのです。私は孤独と向き合って、ひとりが当たり前になりました。

今は孤独こそが豊かなんだと思っています。

「わが・まま」に生きる

私は子どものころから親に「わがまま、わがまま」と叱られ、いつしか「わがまま」が私の代名詞のようになりました。母はよその人に挨拶するとき、きまって「わがまま娘がお世話になりまして」と言っていました。だから、私はわがままな自分を責めて、わがままを直さなくちゃと努力してきました。

でも、大人になってあきらめました。それよりも、どうすれば自分のわがままを通して生きられるかを考えるようになったのです。わがままに生きるためには力がいります。自分の好きに生きることは難しい。とくに女の人は、それだけの力をつけなければなりません。私は働いて自分名義の給料をもらって、自分の稼ぎは自分の好きなように使おうと決めました。

女性は大人になると「結婚か仕事か」という選択肢を迫られます。男性に対してはこんな二者択一の選択肢がありませんから、いかに女性が差別的状況に置かれているかが分かります。私は結婚しようと思ったことはありますが、たとえ結婚したとしても、仕事を捨てる気はありませんでした。私にとって結婚と仕事は等価ではない。だから男を捨てることはあっても、仕事は絶対に捨てずにきました。わがままに生きるためには、経済的自立がなければならないと身にしみて知っていたからです。自分で稼いで自由になるお金があったからこそ、人生のいろいろな場面で思いきって冒険できたし、今の自由を獲得できたのだと思います。

わがままに生きると、自分の身体も自分で管理できるようになります。私は三十代から四十代にかけて、何回もギックリ腰をやって、腰痛に悩まされました。外科治療を施してもかえって悪くしてしまうのです。でも、四十六歳で解放されてから、だんだんと腰痛もコントロールできるようになりました。自分の生き方への迷いが腰に出ていたのかもしれません。今は、人生で一番健康なんじゃないかと思いますよ。やっぱり自由は大事だなと思います。

幼いころから「わがまま」はダメなことだと思い込まされていましたが、今ではプラスのイメージをもてるまでになりました。それ以来、私は「わが・まま」と言っています。人生を自由に「わが・まま」に生きる。それは自分の人生は自分の責任で生きるということです。

九十二歳まであと九年。私はこれからも自分の人生を「わが・まま」に生きていきます。

第五章

「自分」を生きるためのフェミニズム

四十年前の「ひとり#KuToo運動」

二〇一九年に俳優でフェミニストの石川優実さんが、職場でハイヒールやパンプスの強制をやめようと訴え、#KuToo運動が盛り上がりました。そのとき、私が一九八五年に書いたエッセイ「自分の足を取りもどす」が、四十年前の「ひとり#KuToo運動」だったと注目されました。このエッセイは、ハイヒールをはくことが何を意味するのか、なぜ私は足腰を痛めてまでハイヒールをはくのかを自己分析したものです。初出は駒尺喜美さん編集の『女を装う』。私が靴で苦労したことを駒尺さんに話したら、「女にとって美とは何かを徹底的に考えてみよう」と提案されて、この本が生まれました。

私が子どものころ、近所に病院があり、二人のきれいな姉妹が住んでいました。その姉妹は大人びたパーマをかけ、花模様のワンピースに若草色のハイヒールをはいてでかけていました。まるで少女雑誌で読んだお姫様のようです。周りはみんなして「かわいいねぇ」「女の子らしいねぇ」と褒めそやしました。一方、私は下駄をはき、泥だらけになって跳ね回っていました。そんな私も彼女たちを見て、自分も大人になったら絶対にハイヒールをはこうと心に誓ったのです。

大学生になって初めて、私は憧れのハイヒールをはきました。でも、市販のハイヒールは足幅が狭く、足の指がペンチで締めつけられたように痛みました。下駄をはき慣れた足は、指が扇をちょっと開いたような末広がりになっていて、細くなっている靴の先にはおさまりません。私は自分の大きな足が恥ずかしかった。母から大足は「下品」で「女らしくない」と刷り込まれていたため、私もその価値観を内面化していました。だから、少しでも自分の足を小さく見せるために、自分にあう小さめの靴を探して彷徨うことになります。

ところが、当時はどこの靴屋に行っても、二四・五以上のサイズは品数が少なく、選択肢がありません。たとえあったとしても、女物は男物と比較すると、足幅が二回りも小さく、つま先が細くとんがっていました。無理して小さめの靴をはくと、足指に圧力がかかり、五分も歩いていると痛くなります。小さめの靴をあきらめて大きな靴を探しましたが、大足専門の靴屋に行っても、ヨーロッパ製の靴を試してみても、結局は縦に長い靴があるだけで、足幅は狭いのです。わたしはシンデレラではなく、いじわるなお姉さん側の人間だったのでした。

自分のサイズに合わない靴をはき続けた結果、私は第五腰椎を痛めました。腰が痛いと、だんだん外へ出る気力がなくなります。外出を避けるようになり、見たい映画も美術展もお芝居も見逃し、人に会うのもおっくうになりました。私の行動範囲が、靴によってコントロールされるようになってしまったのです。

そこまで苦しい思いをしてようやく、私は自分の足と向き合いました。なぜ私はハイヒールを捨てられないのか。それは、私の精神が男社会によってつくられた美意識に支配されていたからだったのです。自分の無知に気づいた私は、ハイヒールについて自分なりに考え、その歴史について研究しました。

分かったことは、ハイヒールは纏足《てんそく》のなれの果てということです。纏足は中国の風習で、女性が逃げられないように足のサイズを九センチほどにする施術のこと。幼女のときに親指以外の四指を足の裏側に曲げて布で固く縛り、発育しないようにするものです。その間、どんなに激痛が走っても、「お嫁にいけませんよ」と言われて我慢したそうです。三年ほどすると、親指を中心に先の細くてとがった、足そのものがハイヒールと同じような格好になる。足の大きさは九センチほどにしかならないので、大人の体に幼児の足がついている状態です。歩こうにも不安定で、外を自由に出歩けませんから、逃げてもすぐに捕まってしまう。纏足はそうやって女の自由を奪うためにありました。

男たちにはよちよち歩きの女がかわいく見えます。自分が守らなければ生きていけない女は、男の支配欲を満たしてくれる。纏足もハイヒールも「女らしさ」のシンボルです。それを美しいと思う美意識は、男たちがつくったもの。美はあくまでも男のための規範であり、女が主体ではありません。それでも女たちはその男の美意識を内面化して男社会に迎合していきます。

靴屋に行くと、そのことがよく分かります。男物売場は実用的な靴が多く、そこには女からどう見えるかという視点はありません。靴は男が活動するためにつくられています。一方、女物売場は華やかでおしゃれな靴ばかりで、一見すると女の好みに合わせているように見える。でも、それはちょっと前までは、どうすれば男に可愛がられるかという視点でつくられており、女は見られる側でした。そこでは、男が女に抱く夢を売っていたのです。

纏足に比べると、ハイヒールはいつでも脱ぐことができます。それでも女の人ははくことをやめられない。それは、精神に纏足がほどこされているからです。ハイヒールをはくことが、その人のアイデンティティと結びついているのです。実は中国でも纏足に対して禁止令が出されたとき、もっとも反対したのは女たちでした。抑圧されることに慣れてしまって、自分に少しでも利点があれば、それが自然だと思ってしまうのです。私たちは今一度、女性にとっての美とは何かを考えてみるべきでしょう。

私もまた、精神に纏足がほどこされていました。でも、そのことに気づいてから、ハイヒールをやめました。そして、黄色い男物のぺったんこの靴を買いました。足の五本の指がゆったりと伸び、むしょうに歩きたくなる靴です。その靴をはきだしてから、いつもはバスやタクシーに乗っていた帰り道を、一時間かけて歩いて帰るようになりました。うれしかった。まるで閉じ込められていた檻から出たような爽快な気分でした。やっと私は自分の足を取り戻したのです。

女物の靴をやめたことで、精神の纏足ともおさらばです。自分の足で歩けるようになると、体の調子も良くなり、世界が広がりました。今は自分にあったスニーカーをはいて、毎日歩いています。

#KuToo 運動はとてもいいと思います。どんどん声をあげて、男性中心文化に奪われた自由を取り戻していきましょう。

選べることが大切

ただ、ハイヒールを全くはかなくなったわけではありません。私はシャンソンを歌うときはハイヒールをはくようにしています。少しでも背が高いと客席からよく見えるというのが一つの理由です。ステージに立つ用に、注文で自分の靴をつくってもらいました。だんだん年をとってくると、背中が曲がってきますから、ハイヒールをはくと背中が伸びる気がします。ただし、ドレスとハイヒールを身につけるのは、シャンソン歌手としてステージに立つときだけ。料理人がコック帽をかぶって白い服を着るのと同じで、職業としての衣装です。ステージの上の短い時間だけですし、衣装の力を借りて少しでもよく見せようと、自分で「ハイヒールをはくこと」を選択しているわけです。

大切なのは自分で主体的に選ぶということ。#KuToo運動のとき、女の人から「なぜハイヒールをはいちゃダメなの?」という反論があったそうですが、あの運動はハイヒールの禁止を求めていたわけではありません。#KuToo運動は会社がハイヒールを強制するから、人権侵害だと抗議しているわけです。ハイヒールをはきたい人には、はく自由があります。

どうしてもみんな誤解してしまうのです。ハイヒールは纏足のなれの果てと主張したら、「ハイヒールをはくな」というメッセージに受け取っちゃう。そうではなく、事実を知ったうえで、はくかはかないかは自分で選んでいかないといけません。すぐ世間に従わない。自分で考えて、自分で選択する。そのとき、できれば自分の身体にも耳を傾けてほしい。それを選ぶことでつらい思いをしたり、身体が悲鳴をあげていたりしたら、いさぎよく捨てる勇気をもつべきだと思います。

主張するときにはどうしても強い言葉になるから、やっちゃダメだと受け取るのかもしれません。たしかに、言い方とか書き方は工夫できるのでしょうが、テレビなどで古い価値観を主張するオヤジと戦っているときは、言い方などに構っていられないです。

最近のファッション界はフェミニズムの影響を受けて、ユニセックスの服も増えてきましたね。女の人が働きやすい服装を選べるようになることはとてもいい傾向です。その一方で、中学生や高校生の女子の制服がスカートに決められているのはおかしい（最近は選択の自由を認める学校も出てきましたが……）。スカートも男社会がつくった女のための服装です。足を布で巻きつけているから、活発に動けない。それでいて下半身が開放的になっているから、自分の身を守れない。女の身体を拘束しながら露出させるというもので、女から自由を奪う服装です。

まだ若くて活動的な思春期の女の子に、なぜスカートを強制するのでしょうか。それは「女らしさ」を押しつけ、不便を強いることです。差別以外のなにものでもありません。これも「スカートをはくな」と言いたいわけじゃない。スカートかズボンかの選択肢を用意して、自分たちで選べるようにすべきなのです。

フェミニズムというと「あれもやっちゃダメ、これもやっちゃダメ」と誤解している人もいますが、本当は「あれもやっていい、これもやっていい」ということです。別の言い方をすると、「選べる」ということです。結婚制度にしてもハイヒールにしても、自分がそれを快適だと思って、自分らしくいられると思えば選べばいいのです。その代わり、やめる自由があっていい。日本はなかなかやめる自由がないから、そこが問題です。選択の自由があることが大事なのです。

私が主張していることは、あくまで理論なんですね。例えば、私の本ではタダ働きの専業主婦は「ドレイ制」の典型だと書いて、結婚制度を批判しています。日本の結婚制度は、女の無償労働を制度化したものですから、女にとってこれほど不利なものはありません。昔のように親が決めた結婚とちがって、恋愛結婚の場合は、愛の名のもとにより搾取されやすくなり、制度を温存させることになりました。日本で今の結婚制度のもとでは、本当の意味で民主化も男女平等も達成されない、私は本でそう主張しています。

それでも、その生き方を通したいと思えば、通せばいいんです。今の世の中には男に有利な結婚のための法律があって、その生き方を認めてきたわけだから。どう生きるかは個人の自由です。ただ、やめたいと思ったとき、やめても不利益をこうむらないような法制度の整備が大事です。妻の経済力を抑圧する配偶者控除などは止めるべきです。選択的夫婦別姓にすべきだし、戸籍は個人単位にすべきです。シングルマザーをもっと行政は助けないといけません。

出産にも選択肢を

家族のかたちも自由に選べるといい。伝統的な家族構成からはみ出ると、すぐに家族が崩壊すると言われますが、これからは家族のかたちも多様化していく時代でしょう。いつまでもステレオタイプの古いイメージを引きずっていては、誰も幸せになれません。男も女も自立していれば、人生のステージにふさわしい家族づくりができるようになる。家族形態は人それぞれの生き方にあわせて、もっと個性化していけばいいいのです。

私が留学した四十年前には、イギリスにシングルマザーがたくさんいました。私の友だちは三人の子どもがいて、父親が全部違っていました。その父親たちは週末になると集まってパーティを開いたり、DIYで家具などをつくったり、彼女が自分で作っている家のレンガを積んだりして助けている。彼らはそれぞれほかに家族をもっていて、どちらの子どももちゃんと育てているわけです。そういう多様な暮らし方が、どうして日本でできないのでしょうか。

少子化の原因は国の制度であり、それを変えようとしない政治にあります。少子化問題を解決しようとするなら、子どもを産みたい人は自由なかたちで産める社会にしてほしい。今の政府は、子どもが少なくなっているから、まずはどうやって結婚させようかという発想をしています。でも、出産は結婚してするものだという考え方が、そもそもおかしい。誰の子か分からないと困るというのは家父長制を生きる男のための考え方で、女にとってはどうでもいいこと。シングルマザーだろうが事実婚だろうがいいじゃないですか。

子どもは日本の未来を担う国の宝ですから、国と行政が十八歳までしっかりケアするのは当然です。結婚しなければ子どもを産めないような抑圧的な雰囲気を変えるだけで、より多くの女性が子どもを産んで育てられるようになり、子どもの数も増えると思う。今は結婚と出産が女性の手足を縛ることになってしまっている。

日本はこれだけ少子化が問題だと言っているのに、子育てや教育に十分なお金をかけていない。日本の児童手当は中学生まで、しかも支給額も少ないから、二人目、三人目を産みたくても躊躇してしまっている人も多いでしょう。

フランスでは、第二子以降の出産に対して、国から手厚い手当が出ます。支援が充実しているから、女性は安心して産めるようになる。実際にフランスは先進国のなかでも高い出生率を維持しています。しかも生まれてくる子どもの六割が婚外子ですよ。結婚しなくても子どもを産める環境が整っているということです。

くわえて、フランスにはＰＡＣＳという制度があります。これは性別を問わず共同生活を送れるパートナーシップ制度で、結婚と同じ家族手当を受けられます。解消は一方が申し立てることででき、手続きも簡単です。そうやって国が多様な家族のあり方を認めているのです。

最近は、出産に関する医療技術も進歩していますね。せっかく選択肢が広がったのだから、積極的に利用したらいいと思う。若いころに卵子凍結をして、年を取ってゆとりができてから子どもを産むのもいい。若くて仕事が忙しいときに子どもを育てるのではなく、生活に余裕ができてから育てる。そしたら、イライラして子どもを虐待することもなくなっていくはずです。

でも、日本はせっかく選択肢があっても、すぐに足枷をつけたがる。女の人を縛っておきたくて仕方がないんですね。家父長制を守るために、男たちが妊娠から出産までを管理しようとする。だから、いまだにアフターピル（緊急避妊薬）もすぐに手に入らない。ほかの国では薬局で買えるのに、日本では医者の処方箋がないと買えません。そうやって選択肢を狭めていくから、女の人はみんな産まなくなるのです。

女の人は結婚しなくても子どもが産めるようにする。恋愛はいくつしてもいいから、好きな男の子どもをどんどん産めばいい。結婚するのなら、何回したっていい。出産の選択肢が広がったのならそれも利用する。子どもを産んで、楽しく育てる。女の人にはその権利があります。家のために産むのではないのです。

SNSで傷つかないために

最近はSNSが普及したことで、女性がセクハラや女性差別の問題を告発しやすくなりました。こうした動きは、女の人が「人間」として目覚めるきっかけになると思います。SNSでの告発は言うなれば「のろし」をあげるようなもの。女の人が自らのろしをあげて、仲間を募って、自己主張できる。でも、誰かがあげたのろしについていくだけじゃダメ。自分でのろしをあげることが大切です。

これまで女の人は、家庭においても職場においても孤立していました。言いたいことがあってもなかなか言えない。でも、SNSを使って発信し、みんなから「いいね！」をもらえれば、自分に賛同してくれる人がいると分かって勇気づけられるでしょう。勇気が湧けば、さらに新しい発信ができる。そうやって社会の不公平に立ち向かっていける時代になりました。

その一方で弊害もあって、最近はテレビの討論番組でお互いに議論を戦わせなくなりました。パネリストがそれぞれ自分の意見を一方的に言うだけ。一緒に出演した若い人に「何でこんなにおとなしいの?」と聞いたら、「今はものが言えない時代ですよ」だって。不用意な発言をするとSNSで叩かれるから、みんなそれを恐れているみたい。私は昔、テレビの編集に苦しめられましたが、今の人たちはSNSで苦しんでいる。そんなにビビってるのか、と思いました。

私が『TVタックル』に出ていたころは、SNSがない代わりにたくさんの投書が事務所に届きました。放送の翌朝、秘書の暗い顔を見ただけで、「またひどい悪口を書いた投書が来てるな」と分かります。中身を読んでみると、私を傷つけることだけを目的としているような、反論しても仕方のないレベル。これを相手にするのは時間の無駄だと思った。それ以来、私は秘書に投書をいっさい見せなくていいと伝えました。

私とその人たちはそもそもの立ち位置が違うから、反論するのにも途方もない労力がかかります。その人たちにはその人たちなりの論理がある。もし説得しようとすれば、相手の論理の組み立て方を学び直さなければできません。時には論文一本書かなければいけないほど大変です。そんなことをいちいちやってられないでしょう。やれないのなら見なければいい。だから、私は自分の良い評判も悪い評判も知らない。今だと『そこまで言って委員会NP』が放送された後、SNSでどんなことを言われているかもわからない。そうやって悪口を見ないようにすることで私は生き延びられました。そのせいでちょっと頓珍漢なところがあるかもしれないけど、それはしょうがない。

私は「ブス」と言われたくらいでは気になりませんが、実際はもっとひどい言葉を投げつけられていると思う。どういう言葉か想像はつきますが、いちいち見ないことはすごく大事です。見たらやっぱり「生もの」だから、グサッときます。言葉は刃物と同じで、人を殺しますから。SNSの悪口に傷ついて、自ら命を絶った人もいますね。やっぱり若い人だと真面目に受け取ってしまうでしょう。気にしないというのは無理な話です。

世の中にはさまざまな対立があります。男たちは女が何かを主張するだけで気に食わないわけだから、個人攻撃なんかは無視してもいい。女の人にも「父の娘」がいるから、女同士で対立することがあるかもしれない。残念だけど、女が女を貶めることもある。でも、そうやって他人に対して攻撃的になる人は、たくさん傷ついている人のこともあります。女が意地悪になってしまうのは、それだけ抑圧されて不幸だから。誰かをいじめることでしか心が満たされない。不幸な人が乱暴な言動を繰り返してしまうのです。

ＳＮＳにはいろんな問題があるけど、それでも女の人が孤立せずに主張できるようになったことはとてもよかったと思う。せっかくのツールをどう賢く使うかですよね。社会を変えようとすると、必ずバックラッシュ（反動）が起きますが、右へ左へと螺旋を描きながら、少しずつ上に行けばいいのです。

モヤモヤした気持ちを大切に

毎日の暮らしのなかで不満を抱えながら、自分が何に不満なのか分からない女の人もいるでしょう。何でこんなに苦しいんだろうって。そのモヤモヤした気持ちはとても大切です。理屈では説明できないけれど、感覚でおかしいと分かったわけですから。その感覚が世の中を変えるための第一歩です。

あなたが感じている生きづらさは個人の問題ではなく、社会の仕組みや構造としての女性差別の問題です。だから、自分を責めて苦しむことはありません。そのモヤモヤを政治や社会に対する怒りに変えていけばいいのです。

でも、怒るためには知識が必要です。そもそも自分の権利が侵害されていると自覚しなければ、怒ることができない。自分が何を求めているのかを自分に問いかけて、政治や社会について勉強しなければいけません。

私がテレビに出はじめた三十年前に比べると、育児・介護休業法や女性活躍推進法などの法整備が進んで、女性の働く環境が少しは良くなりました。それでも、日本社会にはびこる女性差別はまだまだ改善されていません。二〇二四年に世界経済フォーラムが発表した「ジェンダーギャップ指数」では、日本が一四六ヶ国中一一八位です。過去最低の昨年よりも少し持ち直しましたが、先進国のなかではもちろん最下位です。

その理由のひとつが、政治の分野でも経済の分野でも女性の管理職やリーダーの数が圧倒的に少ないこと。女性が男性と平等な条件で働き場所を与えられていないのだから、これでは日本が民主主義の国だとは言えないでしょう。

日本は戦後、高度経済成長を成し遂げるために、性別役割分業を利用してきました。政府とマスコミが一体になって「男は仕事、女は家庭」を推奨し、夫は家事育児から介護のすべてを妻にまかせて、その分、二倍働きました。その結果、世界第二位の経済大国にのし上がった。でも、それは専業主婦のタダ働きを利用して実現した結果にすぎません。

女性を家庭に縛りつける仕組みのひとつが、配偶者控除です。民法で配偶者と認められれば、夫は所得控除を受けられる。妻の収入を一〇三万円以下にセーブすれば、夫は妻の所得税および年金と健康保険の掛け金を払わなくていい。だから、パートで働く専業主婦は配偶者控除を受けられるように就労調整をする。これが、いわゆる「一〇三万円の壁」です。こんな制度は、西洋の先進国にはありません。

一見すると夫婦ともトクをしているように見えますが、日本は「夫婦別産制」で、法的にはそれぞれの財産が別のため、実際は夫がトクしているだけで、妻は自分名義の財産がいっこうに築けないわけです。これでは、女性が自立することは不可能に近い。だから、専業主婦のまま熟年離婚した高齢女性の貧困率が高まっています。

一方で、共働きで子育てしている世帯は、生活が苦しくても控除を受けられません。受けられないどころか、言ってみれば、結局、働く女と男が専業主婦の税金や掛け金を肩代わりしているということです。そんなシステムはおかしい。今や共働き世帯の方が多いのに、これでは公平な制度とはいえません。

私は女の人も自由に生きるためには、仕事をやめてはいけないと思う。大ざっぱにわかりやすく言うと、大卒女性が一生をフルタイムで働くと、生涯賃金は二億六〇〇〇万円。それに対して、結婚を機に退職して四十歳からパートで働くと、生涯賃金は六〇〇〇万円。差額はなんと二億円です。ＯＥＣＤによれば、女性が働いて税金をきちんと納めれば、年金問題をはじめあらゆる日本の問題が解決します。

日本は、いまだに「選択的夫婦別姓」すら導入できていません。国連から再三、是正勧告を受けているのに、法改正されない。議論すると言いながら、単に引き延ばしているだけです。法改正に反対する人たちは「家族の絆が弱くなる」なんていうけど、これは絆の問題ではなく、人権の問題です。なぜ結婚しただけで、強制的に名前を変えられなければならないのか。なぜなら、日本には戸籍制度というものがあります。昔、日本の植民地だった台湾と韓国にもありました。韓国では二〇〇八年に個人単位にしました。日本の戸籍は相変わらず個人ではなく家族単位で、家父長制を守るために夫や父が一家の長となる仕組みで、女性は二番手になります。日本は女性の権利に関することがいつも後回しになるのです。

日本の女の人はこれまで、どんなに痛めつけられてもひたすら我慢してきました。男が怒れば「社会正義」と言われるのに、女が怒ると「感情的だ」とか「ヒステリー」と言われます。私も『TVタックル』に出演していたとき、「女のヒステリーだ」とさんざん悪口を浴びせられました。「女の人が怒るのは女らしくない」という価値観が、女性の怒りを抑圧してきたのです。

でも、いつまでもそんな状態では、人間としての尊厳を得ることはできません。女の人も差別や不公平に対して声をあげていかなければなりません。とはいえ、怒りをぶつけるだけでは、泣いてる子どもと同じで相手に伝わらない。まず、なぜ怒りが湧くのかを冷静に自己分析する。そして、しっかりと知識を身につけて、自分が納得できるまで咀嚼する。そうやってはじめて人を説得できます。

変化を起こすのは日常の小さなことからでもいいのです。夫婦であれば、家事と子育ては夫と分担してやるとか、洗濯は夫にしてもらうとか、週末はご飯をつくらないとかでもいい。会社の待遇に不満があれば、ほかの人と一緒になって抗議する。そして、やっぱり選挙で投票して意思表示をすること。みんながそれぞれの場所で、自分にできることをやる。そういった小さな行動の積み重ねが、未来を変えるのだと思います。

フェミニストとして体を張ってきた

私は一九八〇年代後半に日本女性学会の代表幹事を務めていましたが、そのころからフェミニストのなかでは少数派でした。当時は、自分の専門分野で活躍した研究者たちが、自分たちの学問を補うようなかたちでフェミニズムを語っていました。それらはマルクス主義フェミニズムやエコロジカル・フェミニズムのように、既成の思想に乗っかったもので、フェミニズムが主体ではありませんでした。

私はそういったフェミニズムを「冠つきフェミニズム」と呼んで批判しました。なぜなら、すでに制度化された思想を助けるためのもので、人権問題としてのフェミニズムが二の次になっているように感じたからです。私は女性を男社会のなかで生きやすくするためにはどうすべきかだけを考えていましたから、既成の学問の補充にフェミニズムを使ってほしいとは思いませんでした。でも、そのためにずいぶんと反感を買いました。

日本のフェミニストたちのなかには、なにかといえば、資本主義社会を批判する人がいて、資本主義が女性抑圧の元凶だと主張していました。そのため、お金を稼ぐ行為それ自体を悪とみなす風潮がありました。一九八〇年代は、日本の大企業が東南アジアを搾取していると批判されていたせいで、一部のフェミニストたちから「会社で働く女の人は東南アジアの女性を搾取している」とまで言われていました。そうなると、企業に勤めることが悪いみたいになります。

私も家を買った話をしたら、フェミニストたちから批判されました。家を買うことでまるで資本主義に加担しているような言い方をされました。私はあまりにも一方的すぎる考え方にはついていけませんでした。

資本主義は多くの問題を抱えながら、一方で女性を解放してきたのも事実です。実際、資本主義によって生まれた家電製品が、女の人を厳しい家事労働から解放した面もあるでしょう。昔は社会主義や共産主義の国になれば、女性も解放されるという幻想がありましたが、けっしてそうではなかった。今、中国で私の本が翻訳され出版されるということでもわかります。フェミニズムがなければ、女と男の差別的な関係はどの体制の社会でも似たような状況です。性別役割分業がある限り、どんな社会体制でも女性の解放・自由はかないません。

一昔前の日本のフェミニズムは、資本主義批判や近代批判を優先したために、一般の女性たちが混乱して身動きがとれなくなったと思います。女の人たちが批判を怖れて、企業で働けなくなったわけですから。でも、本来なら、女性は企業も含めて社会のあらゆる分野に進出して、もっと実力や指導力を発揮すべきでしょう。せっかくフェミニズムで解放されるはずなのに、むしろ抑圧を背負いこんでしまった。

私は「冠つきフェミニズム」のことを「良妻賢母型フェミニズム」とも呼びました。偉い思想に寄り掛かった「私」なしのフェミニズムだから、結局はその思想に飲み込まれてしまう。そういう人たちは優等生タイプが多いから、偉い人の言う通りになって、完璧主義で杓子定規にフェミニズムを生きてしまうのです。でも、そんなフェミニズムは窮屈ですよ。私はそんな冠のつかない、ただのフェミニズムがいいと思ったのです。なぜなら、これまでのいわゆる「思想」は、人類の半分を占める女性をのけ者にして考えられてきたものだからです。

テレビでは「女らしくない」と言われようと「女の恥」だと言われようと、私はフェミニスト・田嶋陽子として、身体を張って、古い価値観を振りかざす男たちと闘っていました。そのときはすでに、私は本を何冊か書くことによって自己セラピーを行い、「女」であることの不自由さや苦しさから解放されて自分を取り戻していたので、どんな攻撃を受けようともびくともしない自分がいました。

大切なことは、いわゆる思想としてのフェミニズムを生きることではなく、自分を生きるためにフェミニズムを使うことです。だから、専門的にフェミニズムを学んでいないからと、遠慮する必要はありません。たとえフェミニズムを勉強していても、まったく血となり肉となっていない人もいます。フェミニズムの優等生になる必要はありません。もっとも大事なのはあなたがどうなりたいかです。私は田嶋流のフェミニズムを生きてるし、あなたもあなた流のフェミニズムを生きればいいのです。

本来、女性はだれもが生まれながらのフェミニストなのです。男性中心文化の中で育つから、その影響で二級市民にさせられているのです。くり返し言います。たとえ自分を生きるのに遠まわりをする人がいても、女性は基本的にはみんな、生まれながらのフェミニストなのです。

尊敬する先輩・駒尺喜美

私はずっと女の人は女を裏切るものだと思っていました。子どものころ、親にいじめられていた私をいつも慰めてくれた近所のおねえちゃんは、恋人ができると私のことをとたんに置き去りにしました。仲良しの同級生も結婚すると、旧友と会う時間を惜しむようになります。そのたびに寂しい思いをしてきました。そのとき、女はけっして最後までそばにいてくれないと悟ったのです。

いつの間にか、私はひとりで考え、何事も自分で結論を出すことが習い性になりました。だから、大学に就職してからも、いわゆるフェミニストのグループにも勉強会にも属さないまま、ひとりで研究してきました。あるとき、「先生と同じ考えの人がいますよ」と紹介されたのが、駒尺喜美さんです。駒尺さんは私より前から法政大学で日本文学を教えていましたが、ほとんど話したことがありませんでした。私が法政大学で教えるようになってから、すでに十年以上が経っていました。

私はまだ女性に不信感をもっていましたから、駒尺さんに対しても最初は警戒していました。でも、親しく話をしてみると、ものの考え方の基盤が同じだと分かりました。駒尺さんは私がフェミニストとして初めて仲良くなった女性です。

駒尺さんは、生粋のフェミニストである小西綾さんと一緒に暮らしていました。小

「友だち村」で駒尺喜美さんと談笑中

西さんは、終戦を機に婦人解放運動家として活動をはじめ、日本の女性学の基礎を築いたカリスマ的存在です。二人の家は番地から「56番館」と呼ばれていました。そこにいろいろな境遇の女性たちが集まり、小西さんを中心に「あっ、わかったの会」という勉強会を開いて、個人的な問題の背景にある政治や社会状況について話し合っていました。そうした活動をとおして、障害があったり家庭環境に苦しめられているような、男社会で生きられない女の人たちをサポートし、共存していたのです。

駒尺さんは研究者としても素晴らしい人でした。日本の文学作品をフェミニズムの視点から論じて、その論理は強靭でありながら、とても優しかった。本をたくさん出していますが、なかでも一九七八年に出版された『魔女の論理』は、日本の作家を女性の視点から読み直したとても面白い本で、女性学の古典です。「愛の物語」といわれていた高村光太郎と妻・智恵子の関係についても、智恵子の立場から鋭く論じています。駒尺さんはどの本でもフェミニズムの論理を貫き通していました。

私も駒尺さんも文学研究が専門であり原点です。そういう意味では、社会学を学んだフェミニストたちとは違います。社会学のフェミニストは女性差別の構造を観念でスパスパと見事に切っていきます。その切り口は素晴らしい。でも、文学ではそうはいきません。小説を通して生身の人間を見ますから、簡単に切って捨てることができないのです。いろいろと悩みながら、ようやく真実が見えてきます。

私がテレビに出たとき、駒尺さんだけが背中を押してくれました。本人は身体が弱かったので、運動に参加したり、テレビに出たりはできなかった。だから、私を応援してくれたのでしょう。駒尺さんは女性を抑圧する差別のエッセンスを捉えている人でした。どんなに立派にフェミニズムの理論を語ることができても、普通は応用問題になると、しっぽを出します。フェミニストのなかには、男の目で、すなわち「父の娘」の目で女の問題を見ている人もいます。でも、駒尺さんは抑圧された女性と同じ視点に立ってものを見ていました。研究成果も素晴らしいし、現実生活でもフェミニズムを生きた人です。

駒尺さんと仲良くしているうちに、私のなかで女性に対する信頼が回復していきました。駒尺さんと出会えたことは、運が良かったと思う。駒尺さんは私にとってフェミニズムの先輩であり、共感者です。今でもいちばん尊敬しています。

男嫌いにはならなかった

私は男社会と戦ってきましたが、男嫌いではありません。父は病気の母のために尽くした人でしたし、私も人生のなかで男の人に何度も助けられましたから。私が許せないのは、女性差別の構造にあぐらをかいている男たちや、「俺は差別してないよ」と言いながら女を便利屋として使っているような男たちです。

ひとりの人間として接すれば、男の人ともいい関係が築けます。どんな男の人も強さと弱さをもっていて、深くつきあえば愛しいと思うときもある。恋人関係になれば、お互いに自分をさらけ出しますから、男だって涙を見せることがあるでしょう。でも、いざ何か問題が起きたとき、男は豹変して、「男らしさ」を振りかざしてくるのです。

男と女の関係がおかしくなっているのは、みんなが「男らしさ」と「女らしさ」に縛られているからです。男性に期待されている「男らしさ」は行動力や指導力、積極性といったもの。要するに自立した人間として自由に生きるための資質です。一方、女性に割り当てられた「女らしさ」の優しさ、気配り、素直さといったものは、誰かをサポートするための資質です。女性が自分を生きようとすれば、どうしても「男らしさ」の資質に相当するものを生きなくてはなりません。すると「女らしくない」とバッシングを受けるから、女性は何者にもなれません。相手を思いやる気持ちは大切ですが、女性だけにそれを求めるのはおかしい。結局、「男らしさ」と「女らしさ」は上下の抑圧関係をつくるための文化的な仕掛けとなり、男女間の格差を増長させています。

この男女間の上下関係がある限り、男性はトクをします。だから、男性の方がフェミニズムを理解できるんじゃないかと思うことがあります。女性は差別されている状況を見ないようにしてしまうけど、男性は既得権があることのうまみを身をもって知っているわけですから。でも、それを認めてしまうと、自分が差別している側だということになる。だから男性は認めまいと抵抗するのです。

男性は「男らしさ」を生きることで自立できますが、一歩間違えると身勝手で暴力的になる。「男らしく」なるために、つらいことを我慢してストレスをためているのです。ストレスを解消しようとして、ほかの人に暴力的に振る舞ったり、いじめたりします。だから、男の人が男文化のなかで優しさを保つのは難しいと思います。

男の人のなかには、「男らしさ」に抑圧されて生きづらくなっている人もいるでしょう。だから、私は男の人も弱音を吐けばいいと思います。男の人はもっと「女らしさ」を生きる、そして女の人は「男のくせにだらしない」と言わないようにしないといけない。女の人ももっと「男らしさ」を生きて自立に拍車をかけるといい。女も男も互いに人間としてつきあえば、対等な関係がつくれると思います。

男性が豊かな「男らしさ」を育てるためには、生活自立をすることです。私がテレビに出始めたとき、最初に言った言葉が「男はパンツを、女はパンを」。当時、「男はパンツをはけ、女はパンを焼け」だと誤解した人もいました。本当の意味は、男はパンツを自分で洗え、つまりは生活自立をせよということ。女は自分で食べるパンを自分で稼ぐ、つまりは経済自立をせよということ。そうすれば、女性を搾取しないで済みます。

男の人が生活自立をしたら、女の人だけでなく、男の人自身も楽になりますよ。男女差別の構造はある意味では、男の人にも負担があったわけです。女の人にご飯をつくってもらうかわりに、女の人の分まで働いてお金を稼がなければならなかったわけですから。それこそ一日十何時間も家畜みたいに働かされていました。それをやめて、男の人が普通に八時間働き、自分でご飯をつくって洗濯もする。そして残りの時間をエンジョイすればいい。そうすれば、男の人もすごく自由になります。自立したうえで結婚したければ結婚すればいいし、自分で家事や育児もできるようになれば妻にも好かれるでしょう。

最近の若い男の人には、昔のような「男らしさ」がなくなってきています。これはとてもいい傾向。これからはむしろ若い人がお手本になって、男のフェミニストのモデルを見せてほしいです。

親も子も自立して生きる

自立すべきなのは、親と子も同じです。生前の母に「私はどんな親不孝をした?」と聞いたことがあります。母は「大学生のころ、おまえの言葉に悩まされたよ」と答えました。私はずっと母に言い返せずに苦しんできたので、立場が変わればこうも見え方がちがうのかと驚いた覚えがあります。

父も母も、私に結婚してほしかったのです。親は子どもの幸せを願い、ああしてほしいこうしてほしいと思うものなのかもしれません。その気持ちは分かります。でも、親が想像している以上に、時代は変化します。親の世代の幸せが、子どもの世代の幸せと同じかどうかは誰にも分からない。もし、親の考え方が間違っていたとしても、親は最後まで子どもの面倒を見られるわけではないから、その責任もとれない。

子どもを自分の思い通りにしようとするから、親不孝が生まれます。親が勝手に期待することで、子どもが「親不孝者」に変えられてしまうのです。自分の子どもであっても、人格をもったひとりの人間ですから、人生の進路を強制することは身勝手です。親として自信のない人ほど、そういう振る舞いをしがちなものです。

相手を支配することは、それだけ相手に依存しているということでもあります。そんなことに時間を使うよりも、親が自分で充実した人生を歩んで、その姿を子どもに見せてあげたらいい。自分の叶えられなかった思いを子どもに託してはいけません。子どもの方が新しい時代に敏感なのだから、子どもの意見にちゃんと耳を傾ける。そして、ひたすら子どもの選ぶ道を信じてあげたらどうでしょうか。

私は自分が親不孝をしたと思っていません。たしかに、親の願いどおりには生きられなかった。でも、私は自分で納得しながら人生を選択してきたし、母もいつのまにか何も言わなくなりました。最後は私の生き方を認めてくれたのだと思っています。

子どもを思い通りにしようとする親がいる一方で、親に反抗できない子どももいます。「早く結婚しなさい」と急かすお母さんに「ノー」と言えない娘。できれば、娘も早くどう生きたいか、明言した方がいい。いつまでもお母さんが理解してくれないとあきらめないことです。お母さんを傷つけたくないのかもしれないけど、それは自分の考えでお母さんを小さく小さくしちゃっている。本当のところお母さんが何を考えているかは、話しあってみないと分からないでしょう。娘が何も言わないと、お母さんも不安になります。娘は自立を宣言して、自分はこう考えてしっかり生きているんだということを丁寧に伝えたら、分かってくれると思います。

子どもが先に進んでいるように、親も世間の変化を感じとっています。きちんと話せば「自分の子どもはこんなに自立してるんだな」と思ってくれます。だから逃げないで。親とは喧嘩して一回別れるぐらいの決意で話すといい。それを何回でも繰り返して、関係を変えていくのです。

親の人生は子どものためではないし、子どもの人生も親のためにあるのではありません。それぞれが別の人格をもっているのですから、互いに認めあう関係をつくっていくべきです。これまでのような親不孝も親孝行もいらない。親と子の関係もいろいろなスタイルがあっていいのです。

「自分らしく」もやめよう

結局のところ、「男らしさ」「女らしさ」の押し付けが、私たちを生きづらくしています。「男らしさ」「女らしさ」という社会規範に縛られず、私たちが自由に選択できる社会を目指すのがフェミニズムです。だから、女も男も本質的にはみんな、フェミニズムの精神をもっているのです。誰もが人間として生まれたかぎりは、自立したひとりの人間になりたいと思っているのですから。

できるだけ早く「男らしさ」も「女らしさ」も脱ぎ捨てましょう。抑え込んでいた自分を取り戻して、自分を解放するのです。もっと快適に、自分をいちばん大事にして表現できるように、「自分らしく」生きる。でも、そこまでの境地に達すれば、「自分らしさ」も要らなくなります。「らしさ」を脱いで、「自分」を、「自分そのもの」を目一杯生きるのです。

「自分らしさ」というのは演出なんです。その演出に成功している人もいれば、失敗している人もいる。失敗する理由のひとつは、「自分らしさ」を演出しようとして、人の目ばかり気にするようになるからです。親の教育の影響は大きく、子どもは親が期待する人間にならなきゃいけないと常に顔色をうかがうようになるでしょう。

また、「あなたらしくない」と言われると、その言葉自体が抑圧になります。「らしい自分」以外にも、いっぱい自分がいるはずなのに。「自分らしさ」を追求することで結果的に、自分の可能性をつぶしているかもしれない。だから、自分らしくなろうと努力することも抑圧なんですね。それはもしかしたら、誰かに都合のよい自分なだけかもしれません。

歌やアートも同じで、無意識のうちに「自分らしく」を追求してしまう。「あなたの歌は力強い」とか「あなたの作品はみずみずしい」とか言われると、どうしても人から期待されるものを目指すことになる。でも、その意識が自分も作品もダメにしていくことがあると思います。邪念を忘れて、無心の状態になって、それを突き抜けたときにポッと出てくるものに、本当の自分があるのではないでしょうか。

自分は宇宙と同じくらい広大です。だから、「自分になる」と言っても、すごく大変なんです。誰も自分なんて分からないから。それでも自分を生きてみる。

今、私は残りの人生を「一日一生」だと思っています。一日を一生だと思えば、未来のことを考えるよりも今を、今日を、精一杯生きるようになる。死もねむりのひとつ。人の目を気にせず、「私」のなかの私との出会いをたのしみに、最後まで現役で生きていきたい、そう思っています。

■著書一覧

『新版　ヒロインは、なぜ殺されるのか』KADOKAWA（2023年）

初刊は1991年『フィルムの中の女――ヒロインはなぜ殺されるのか』（新水社）。1997年、加筆後、『ヒロインは、なぜ殺されるのか』（講談社＋α文庫）として復刊。本書はさらに加筆・修正を加えて復刊。現代にも通じる女性抑圧の本質を問う。

『愛という名の支配』新潮文庫（2019年）

田嶋陽子の代表作。初刊は1992年（太郎次郎社）、2005年復刊（講談社＋α文庫）。10年以上の時を経て、「すべての女性に勇気と希望を与える先駆的名著」として復刊。

『田嶋陽子の我が人生歌曲』田嶋陽子女性学研究所（2012年）

64歳で歌を始めた田嶋が、七転八倒しつつ歌の奥深さにのめりこんでいく。失敗談、ユーモラスな客との交流、歌の先生からの人生にも通じるアドバイスなど、「共感する」の声多数。

『愛という名の支配』講談社＋α文庫（2005年）

自分らしく生きるためにはフェミニズムが必要だった——。生い立ちに始まり、母、恋人、社会から受けた「女らしくせよ！」という縛り。その見えない抑圧から解かれる過程を赤裸々に綴る。

『女は愛でバカになる』集英社be文庫（2003年）

男から見れば女は「穴と袋」でしかない。その理屈が分かれば、男にバカにされても落ち込まない。それなりの対応ができるし、より賢く生きられる。ベターな生き方も選びとることができる。

『もう男だけに政治はまかせられない』オークラ出版（2003年）

もう男だけに政治をまかせておけません。やっぱりそこに女も参加しなきゃ！　国会議員として活躍した１年半の記録と新しい政治への提言集。田嶋陽子の目から見た国会、社民党を辞めた理由のほか、夫婦別姓、DV、児童虐待、配偶者控除などの問題について語る。

『だから、女は「男」をあてにしない』講談社（2001年）

身近な女性差別から、政治や文化の名の下に行われてきた女性差別、はたまたワイドショーの結婚会見、厚底靴、イチロー、ダイアナ、松田聖子、田中真紀子まで、ピシャリと斬って爽快そのもの。

『それでも恋がしたいあなたへ　私の体験的恋愛論』徳間文庫（1999年）

大学院時代の恋人。イギリス留学時代の恋愛。「宿命の恋」と呼ぶイギリス人アーティストとの出会いと別れ。恋愛によって自分を発見し、自己を解放していく過程を綴る。恋愛に悩む女性必見の書。

『ヒロインは、なぜ殺されるのか』講談社＋α文庫（1997年）

女はよく殺される。映画の中、小説の中、毎日の生活の中でも。「赤い靴」「ベティ・ブルー」「愛と追憶の日々」など、田嶋流フェミニズムの視点で斬れば、女が殺されるカラクリが見えてくる。

『女の大老境　田嶋陽子が人生の先達と考える』マガジンハウス（1997年）

北野さき（ビートたけしの母）、養老静江（医師、養老孟司の母）、北林谷栄（女優、演出家）、小西綾（婦人運動家）ら、明治に生まれた四人の女性たちとの対談を通して人生を考える。

『だから、なんなのさ！　史上最強の田嶋語録』テレビ朝日（1995年）

「男もパンツを洗え」から「女の幸せ」「オバサン」「AV女優」「セクハラ」「愛人」、そして「日米問題」まで。ズバズバ核心をつく魅力的な言葉のオンパレード。

『もう、「女」はやってられない』講談社（1993年）

1980年代、英文学者として女性学を教え始めた田嶋の論文&エッセイ集。「自分の足を取りもどす」、「カルメンはなぜ殺されたか」、「駒子の視点から読む『雪国』」など、『愛という名の支配』で結実する、〝田嶋流フェミニズム〞の萌芽が読み取れる。

『愛という名の支配』太郎次郎社（1992年）

田嶋陽子のフェミニズムは、母との葛藤から生まれた。その体験を踏まえ、女性抑圧の構造を抜本から解きあかす。「愛」、「結婚」、「性」、「家族」とは何かがハッキリ見えてくる。

■共著、その他

村瀬幸浩、髙橋怜奈、宋美玄、太田啓子、松岡宗嗣、斉藤章佳、田嶋陽子『50歳からの性教育』河出新書（2023年）

正面から性教育を受けてこなかった50代前後の世代。ジェンダー平等、性的同意、LGBTQ。多様化の時代に必要なのは知識と倫理観のアップデート。性をイチから学び直すための一冊。

田嶋陽子、アルテイシア『田嶋先生に人生救われた私がフェミニズムを語っていいですか!?』KADOKAWA（2023年）

〝田嶋流フェミニズム〞に人生を救われ、現代を代表するフェミニストの一人となったアルテイシア。日常のなかにあるフェミニズムについて、笑って怒って語り合う。フェミニズムを知りたい人のための入門書。

島田裕巳『安楽な最期の迎え方』徳間書店（2020年）

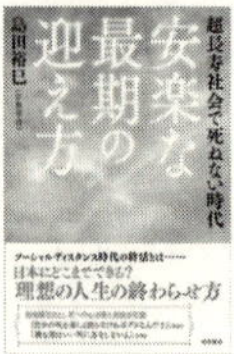

田嶋の「島田先生、安楽死について書いてよ」のひと言から生まれた本。田嶋と島田さんの対談も収録。「死ねない」時代にあって安楽死を求める声は多くある。宗教学者が迫る『安楽死』とは。

駒尺喜美編『女を装う　美のくさり』勁草書房（1985年）

「女にとっての美」とは何か？　田嶋のエッセイ「自分の足を取りもどす」を収録。ハイヒールをはくことが何を意味するのか、なぜ私は足腰を痛めてまでハイヒールをはくのかを自己分析。

構成協力　笹山敬輔

田嶋陽子（たじま　ようこ）
1941年、岡山県生まれ。戦時中は満州や母の故郷の新潟で過ごす。69年、津田塾大学大学院博士課程修了。2度イギリスに留学。76年、法政大学教授。91年に『ビートたけしのTVタックル』（テレビ朝日）に出演して注目を集め、その後は女性学（フェミニズム）研究者として、またオピニオンリーダーとして、マスコミで活躍するようになる。2001年、参議院議員。還暦を過ぎてからは、シャンソン歌手、書アート作家としても活動している。

文春新書

1460

わたしリセット

2024年9月20日　第1刷発行

著　　者　　田嶋陽子
発行者　　大松芳男
発行所　株式会社　文藝春秋

〒102-8008　東京都千代田区紀尾井町3-23
電話（03）3265-1211（代表）

印刷所　　大日本印刷
製本所　　大口製本

定価はカバーに表示してあります。
万一、落丁・乱丁の場合は小社製作部宛お送り下さい。
送料小社負担でお取替え致します。

ISBN978-4-16-661460-8